잠깐만
회사 좀
관두고
올게

ちょっと今から仕事やめてくる
© Emi KITAGAWA / KADOKAWA CORPORATION 2015
Edited by ASCII MEDIA WORKS
First published in 2015 by KADOKAWA CORPORATION, Tokyo.
Korean translation rights arranged with KADOKAWA CORPORATION, Tokyo,
through KCC.

北川恵海

기타가와 에미 ★ 추지나 옮김

잠깐만 좀 회사 두고 관 올게

놀

9월 26일
월요일

　6시에 기상. 같은 시간 46분에 출발하는 전철을 탄다. 8시 35분, 회사에 도착. 자리에 앉자마자 컴퓨터를 켠다.

　12시부터 한 시간 동안 점심시간. 자리에서 일어난 순간 상사가 불러서 해방된 것은 12시 15분. 걸어서 3분 거리의 값싼 라면집에는 길고긴 줄. 줄서기 15분. 드디어 밥 구경을 한다. 주문한 음식이 나오기까지 3분. 뜨거운 김이 나는 라면을 위 속으로 집어넣는 데 5분. 바로 일어나 회사 현관 옆에 있는 좁은 흡연실에서 캔커피를 한 손에 든 채 담배를 피운다. 최근 반년 동안 담배 양은 두 배로 늘었다. 이때가 되어서야 겨우 안도의 한숨을 돌린다.

시간은 이미 12시 45분이 지났다.

12시 58분, 제자리로 돌아간다.

13시 27분, 오늘만 세 번째인 상사의 호통.

19시 35분, 드디어 상사가 퇴근. 제발 좀 더 빨리 돌아가 줘.

21시 15분, 마침내 퇴근. 이 시간이 되면 전철이 띄엄띄엄 온다.

22시 53분, 귀가.

25시 0분, 취침.

이하, 반복 × 엿새.

회사원에 대한 동경 따위 없었다. 하지만 열을 올릴 만큼 하고 싶은 일도 없었고, 어느새 주위 친구들과 마찬가지로 구직 활동에 애썼다.

자랑은 아니지만, 웬만큼 이름 있는 대학을 한 번에 졸업했다. 그래도 쉽게 선택을 받지 못하는 시대. 아무튼 간에 닥치는 대로 면접을 보았다. 주변 놈들에게 지고 싶지 않았다. 확고한 자신감 따위 조금도 없는 주제에 자존심만은 태산보다 높았다. 나보다 수준 낮다고 생각한 녀석들이 일류라는 기업에 입사했을 때는 지독히 질투했다.

한 군데라도 더 많이, 조금이라도 더 유망한 기업에 선택받는 것이 우리에게 최고의 지위에 오르는 일이었다.

지금 내가 다니는 회사는 유명한 일류 기업은 아니다. 인쇄 관련 중견 기업이다. 희망했던 기업들 면접에서 죄 떨어지다가 이 회사의 내정을 받았을 때에는 솔직히 엄청 기뻤다. 회사에 도움이 되자. 수익을 내고, 나를 떨어뜨린 기업이 후회하게 해 주자. 단단히 벼르고 입사해 악착같이 노력했다.

그 무렵에는 아직 손톱만 한 꿈과 희망, 그리고 의욕이 있었다.

코끝을 스치듯이 급행전차가 속도를 줄이지 않고 지나간다. 며칠 전까지 무더웠던 바람은 어느새 서늘한 기운을 머금었다.

나는 사람들이 북적이는 승강장 맨 앞에서 집으로 향하는 전차를 기다렸다.

돌풍에 나부끼는 앞머리가 몹시 거슬린다. 슬슬 자를 때가 됐지만 미용실에 가는 시간이 아깝다.

내 뒤로는 전부 똑같이 어두운색 양복을 입은 회사원

대열. 나이 대는 저마다 다르지만 하나같이 지친 얼굴을
하고 있다.

　나는 언제부터 웃지 않게 되었을까. 비디오를 되감은
듯한 시간을 그저 소화해 나갈 뿐인 하루하루.
　아무리 열심히 해도 월급은 제자리걸음. 실적을 올리
지 않으면 자동적으로 상사의 불호령이 떨어진다. 직원
에게는 조금의 서비스도 없으면서 서비스라는 이름의 잔
업만이 늘어간다.
　토요일 출근은 당연지사. 일요일에 죽은 듯이 자고 있
다가 요란한 휴대전화 소리에 억지로 눈을 뜬다. 수화기
너머로 부장이 거래처에서 클레임이 들어왔다고, 내 담
당이라고 미친 사람처럼 외친다.
　뭐야, 원래는 선배 담당이었잖아. 까다로운 거래처만
떠넘기지 말라고. 내가 입사하기 전 일을 이야기하면 어
쩌라는 거야. 애초에 선배가 그만둔 것도 네놈 탓이잖아.
망할 상사.

　나도 그만두고 싶다. 이런 회사인 줄 몰랐다. 채용설명
회에서는 좋은 점만 말해 놓고. 열심히만 하면 돈을 벌

수 있는 시스템은 무슨. 실력을 바르게 평가하는 환경은 개뿔. 지금 당장 그만두고 싶다.

하지만 입사 반년도 안 되어 어떻게 그만둔단 말인가. 그런 근성 없는 놈을 다른 기업이 고용할 리가 없다.

이번 달은 벌써 2주 동안 쉬지 않고 일하고 있다. 이 지경이 되자 잠이 오는지도, 배가 고픈지도 모르겠다.

최근 반년 동안 몸 상태는 쭉 최악이다.

녹초가 되어 간신히 집에 도착해도 몇 시간 뒤에 또 회사로 가는 전철에 몸을 싣는다.

그런 현실에 찌부러질 것 같다.

집에 있을 때의 체감 시간은 눈 깜빡할 사이. 회사에 있을 때의 시간은 그렇게나 길게 느껴지는데. 상대성이론 책이라도 읽어 볼까 싶지만, 그럴 여유는 당연히 없다.

그렇게 퇴근 이후 마음이 해방되는 시간은 잠드는 순간에 끝나 버린다.

몸은 자고 싶은데 뇌가 수면을 거부하는 것 같은 감각에 빠져든다.

'사람은 무엇을 위해 일하는가.'

입사한 지 석 달 정도는 그런 생각만 했다.

하지만 이제 생각할 마음조차 들지 않는다.

그만둘 수 없다면 일하는 수밖에 없다. 쓸데없는 생각은 하지 않는다.

그저 일주일이 지나기를 한결같이 기다릴 뿐이다.

다음 일요일에도 예정된 일정은 없다. 여자 친구 따위 만들 겨를도 없다. 여유가 있다면 만들 수 있겠느냐는 핀잔은 사양하겠다. 지금 나에게는 애인은커녕 친구조차 없다.

중학교 시절, 이른바 청춘을 함께 보낸 절친들은 대학에 들어가 새로운 인간관계가 생기면서 조금씩 연락이 뜸해졌다.

대학 시절에 생긴 많은 친구들도 한창 취업 준비에 몰두할 무렵부터 너무 쉽게 소원해지고 말았다.

사회인이 된 뒤 여러 번 술자리 권유가 있었지만 지금은 친구들과 일 이야기를 할 마음이 도저히 들지 않는다. 만약 저 녀석 연봉이 나보다 더 많다면…… 생각만으로 구역질이 난다. 그런 자신이 한심해도 어쩔 도리가 없다.

지금은 그저 다음 주 일요일에는 문제가 일어나지 않기를 바랄 따름이다.

아무리 약속 하나 없는 일요일이라 해도 하루쯤은 아무 생각도 없이 게으르게 지내고 싶다.

분에 넘치는 소리는 안 할게요. 그저 그뿐이니까 제발 그 정도 바람은 들어주십시오.

신이시여, 제발.

어제는 휴일 출근이라 오후 6시에는 집으로 돌아갈 수 있었다. 편의점에서 산 도시락을 기계적으로 입에 넣고, 보는 둥 마는 둥 텔레비전을 틀어 놓았다. 그러자 어릴 적부터 기억에 익숙한 경쾌한 음악이 들렸다.

나는 한동안 어릴 적과는 다른 감정으로 '그 음악'을 들었다. 하지만 어느새 리모컨 전원 버튼을 누르고 있었다.

캄캄해진 화면에 여전히 애니메이션 속 행복해 보이는 가족이 비치고 있는 것만 같았다.

어릴 적에 그 애니메이션을 즐겁게 보던 때의 감정과 지금의 감정 사이에 놓인 큰 차이에 눈물이 나올 뻔했다.

문득 학창시절 여자 친구인 아케미에게 들은 이야기가 떠올랐다.

취업 준비 때문에 막 머리를 염색한 아케미는 학생 식당에서 내 모습을 발견하더니 이때다 싶게 달려왔다. 아름다운 밤색이었던 긴 머리카락은 부자연스러울 정도로 칠흑 같은 색으로 물들여져 있었다.

"있지, 다치바나 선배 기억해?"

누군가에게 이야기하고 싶어서 좀이 쑤셨겠지. 표정에 흥분이 어려 있다.

이전 머리카락 색이 더 좋았다는 생각을 하던 내 대답을 기다리지 않고, 아케미는 이야기를 시작했다.

"다치바나 선배, 입사하고 석 달 만에 '사자에 씨* 증후군'에 걸렸대."

나는 '사자에 씨 뭐시기'가 무슨 뜻인지 알지 못했다.

"그게 뭔데."

김새는 대답을 한 나에게 아케미는 조금 오버하며 놀란 표정을 지었다.

"뭐야, 몰라? 우울증 같은 거야. 사자에 씨의 엔딩을 들으면 죽고 싶을 만큼 엄청 우울해진대."

"왜 사자에 씨야?"

* 매주 일요일 저녁에 하는 가족 코믹 애니메이션 / 옮긴이

"일요일의 끝이니까. 사자에 씨가 끝나고 자고 일어나면 월요일이 되니까."

나는 아케미가 심각하게 떠들거나 말거나 "아아" 하고 건성으로 맞장구를 쳤다.

"너 전혀 흥미 없구나?"

"아니, 그런 건 아닌데……."

아케미의 말대로 그다지 흥미로운 화제가 아니었다.

그때는 아직 사회를 전혀 몰랐다.

나 스스로 사교적이라고 생각했고, 사회에 나가도 어떻게든 잘해 나갈 자신감이 있었다. 술자리를 함께하고 시시한 수다를 떨 친구도 많았고, 인간관계에 심각한 불안을 품은 적도 없었다.

우울증 따위 나와는 관계없는 세상 이야기인 줄만 알았다.

아케미는 별 흥미를 보이지 않는 나에게 열심히 떠들었다.

"잘 들어. 미식축구부의 에이스 다치바나 선배란 말이야. 알지? 대학 마지막 시합에서도 득점을 올렸잖아. 진짜 멋졌어."

정말이지 여자라는 생물은 어떤 화제든 반드시 도중에

한 번은 이야기가 옆으로 샌다.

미안하지만 멋진 미식축구부의 에이스 이야기만큼 아무래도 상관없는 것이 있을까.

나는 귀찮은 방향으로 샐 듯한 이야기의 흐름을 바로 잡았다.

"그래서, 그런 다치바나 선배가 우울증인 게 걱정돼? 너랑 사이가 좋았던가?"

"걱정된다고 해야 하나. 좀 무섭지 않아?"

눈살을 찌푸린 아케미의 표정에는 불안한 기색이 엿보였다.

"무서워?"

"미식축구부잖아. 우리 대학은 강팀이고 연습도 힘들기로 유명한걸. 그곳에서 줄곧 에이스였던 사람이 고작 석 달 만에 우울증이라니. 사회에서 일하는 게 미식축구부 연습보다 힘들단 소리잖아. 어떡하지. 나는 생각만으로도 기절할 것 같아."

아케미는 양쪽 눈꺼풀 주변에 한층 더 힘을 주었다. 그 불안한 표정이 나에게는 허풍을 떠는 것처럼 비쳤다.

"선배가 정신적으로 약했던 거잖아?"

"아냐, 그렇지 않아. 마음이 나약한 사람이 시합에 나가 활약할 수 있겠어?"

기대한 대답과 달랐는지, 마음에 들지 않는다는 듯 부루퉁해진 아케미에게 나는 다 안다는 얼굴로 말했다.

"운동하면서 체력적으로 힘든 거랑 사회에 나가서 힘든 건 전혀 다른 장르잖아. 다치바나 선배는 마침 그쪽 방면 압박에 약했던 거야. 어지간히 사회생활 체질이 아니었나 보지."

"그런가."

"선배한테는 미식축구 재능은 있었는지도 모르지만, 직장인의 재능은 없었던 거지."

"직장인의 재능이 뭔데."

입을 더욱 삐죽 내민 아케미가 툴툴거리며 말했다.

나는 이유도 없이 아케미보다 훨씬 인생 선배 같은 말투로 자신만만하게 말했다.

"진짜로 잘난 사람이란 어떤 환경에서나 잘나게 돼 있어. 사회에 나가서 가장 중요한 건 체력도 참을성도 아니야. 머리가 얼마나 잘 돌아가는가 하는 점이지. 어떤 사람과도 일해 나갈 수 있는 적응력이랑. 말하자면 '생존 능력'이 있는 사람이 가장 강한 거야."

나에게 이야기해 봤자 입만 아프다고 생각했는지 그때

이후로 아케미와의 대화에 다치바나 선배 이야기가 나온 적은 없었다.

 만약 타임머신이 있다면 그때로 돌아가 의기양양하게 떠드는 내 멱살을 잡고 "입 다물어, 멍청한 놈아!"라고 소리 질러 주고 싶다.

 아케미는 그때부터 나보다 훨씬 냉정한 시선으로 사회를 바라보고 민감하게 그 공포를 느끼고 있었다.

 그에 비해 나는 자신이 '생존 능력'을 갖추고 있다고 자부하는 단순한 바보였다. 사회를 너무 우습게 보았다. 그리고 지금, 바보의 착각은 산산이 부서지고 사회의 냉엄함과 자신의 무력함을 통감하고 있다.

 다치바나 선배는 지금쯤 어쩌고 있을까.

 그 뒤 이야기를 들어 둘걸 그랬다고, 새삼 후회했다.

 문득 옆 남자를 보았다. 한눈에도 오래 입어 낡아 보이는 양복을 입었다. 벗겨져 가는 머리에는 감출 길 없는 흰머리가 승강장의 밝은 전등 빛에 환히 드러났다.

 빈말로도 깔끔하다고 못 하겠다. 그러나 옆얼굴이 어딘지 모르게 아버지를 닮았다.

그는 몇 분 동안 꼼짝도 하지 않았다. 내가 지켜보는 것조차 알아채지 못했다. 공허한 눈동자 안쪽에는 희미한 빛마저 보이지 않는다.

몇 십 년쯤 뒤에 나도 저런 모습일까. 후줄근한 양복을 입고 좀처럼 만족하기 어려운 액수의 돈을 벌기 위해 계속해서 편도 두 시간 가까운 거리를 만원 전철에 실려 가야 하는 것일까.

마침내 승강장 전광판에 집으로 가는 전철이 표시되었다.

드디어 돌아갈 수 있다.

한숨을 푹 쉬는 순간, 양복 주머니가 드르르르 떨렸다.

……말도 안 돼.

진동하는 주머니에서 휴대전화를 꺼내 액정화면을 본다.

눈앞이 캄캄하다.

망할 상사.

몰랐던 걸로 하자. 오늘은 그만 돌아가고 싶다. 거래처에는 엎드려 빌 기세로 사과했잖아. 나는 아무 관계도 없는데 사과했잖아. 이 이상 어쩌라고. 어차피 내일도 출근하는데 왜 이런 시간에 전화하는 거야.

이제 됐다.

이제 돌아가자. 돌아가서 자자.

휴대전화 진동은 끈질기게 울렸다.

모든 것이 귀찮다.

나는 휴대전화 전원을 끄고 다시 주머니에 넣었다.

내일 출근하면 거하게 한소리 듣겠지. 그래, 배터리가 나간 걸로 하자. 그대로 알아차리지 못하고 잠들어 버렸다고 하고…….

소용없다. 변명 따위 통하지 않는다는 사실을 너무나 잘 알고 있다.

잠들어 버리면 오늘이 끝난다.

눈을 떴을 때는 이미 내일이다.

잠들고 싶지 않다. 자지 않으면 내일은 오지 않는다.

어차피 집에 돌아가도 자지 않을 거라면 차라리 여기서 자 버릴까.

생뚱맞은 생각을 하면서 천천히 눈을 감아 보았다. 머릿속이 멍해진다. 기분이 좋다.

이대로 선 채로 잘 수 있지 않을까.

점점 지면이 두둥실 떠오른다.

이렇게 상쾌한 기분은 오랜만이다. 술을 마시지도 않았는데 거나하게 취한 느낌이다.

주위 소리가 차단되어 간다. 소란스럽던 승강장에 있다고 생각하지 못할 만큼 조용하다.

이대로, 이토록 마음 편한 상태로 정신을 잃으면 승강장에 떨어질까.

그러면 내일 회사에 가지 않아도 되려나.

30초쯤일까. 느낌상으로는 더 길었지만, 아마도 그 정도이리라.

눈을 감고 있는데 느닷없이 오른쪽 팔에 충격이 전해졌다.

놀라서 돌아보니 그리 단단하지 않은 내 팔을 '누군가'의 손가락이 꽉 붙잡고 있다. 그다지 투박하지는 않지만 틀림없이 남자 손가락이다. 그 손가락에서 팔로 조금씩 시선을 움직였다.

어깨까지 더듬어 간 그곳에는 전혀 본 적 없는, 내 또래인 듯한 남자가 활짝 웃으며 내 바로 뒤에 서 있었다.

불과 20센티미터 정도 거리에서 웃고 있는 남자와 얼굴을 딱 마주하는 모양새가 되어 버린 탓에 나는 흠칫 놀라 뒤로 몸을 젖혔다.

쓸데없이 큰 머리에 무게가 실려 상반신이 승강장에서 쑥 삐져나왔다.

선로 위로 크게 기운 내 몸을 보고 옆에 있던 아버지를 닮은 남자가 숨을 삼키고 눈을 부릅뜬 것이 보였다.

그에게도 감정은 남아 있는 모양이다.

나는 까닭도 없이 안도했다.

떨어진다…….

그렇게 각오한 순간, 내 몸은 엄청난 힘에 이끌려 승강장 위로 휙 되돌아왔다.

아무리 봐도 믿을 수 없었다. 얇디얇은 '그 팔'은 175센티미터나 되는 내 몸을 너무나 쉽게 승강장 위로 되돌려 놓았다. 그 연약해 보이는 몸집에서 상상할 수 없을 만큼 강한 힘이 뿜어져 나온 것이다.

멍해 있는 나에게 남자는 얼굴 가득 미소를 머금고 말했다.

"야, 오랜만이다! 나야, 야마모토!"

……야마모토? 누구지.

나는 당황하면서도 간신히 머리를 굴려서 기억을 뒤졌다. 하지만 야마모토라는 이름이나 이 남자의 얼굴이 기억나지 않는다.

자신을 야마모토라고 소개한 남자는 어린아이처럼 천진하게 웃는 얼굴을 하고 독특한 억양으로 끊임없이 떠들었다.

"진짜 오랜만이다. 초등학교 때 이후로 처음인가. 그래도 바로 알았어. 너 인마, 하나도 안 변했다."

야마모토는 치약 광고에나 나올 법한 표정으로 하얀 치아를 드러내고 활짝 웃었다. 그러고는 내 오른쪽 팔꿈치 윗부분을 꽉 잡은 채 줄 뒤쪽으로 이동했다.

"어……."

나는 어안이 벙벙해져 저항하는 것도 깜빡하고 야마모토에게 질질 끌려가듯 따라갔다. 야마모토는 승강장 한가운데까지 와서야 내 오른팔을 놓아 주었다.

야마모토라는 이 남자의 얼굴을 새삼스레 빤히 바라보았다.

초등학교 때 보고 처음이라면 동창인가. 이런 억양을 가진 애는 반에 없었던 것 같은데.

하지만 전혀 떠오르지 않는다.

"저…… 미안하지만 나는 너를……."

솔직히 기억나지 않는다고 말하려는 순간, 야마모토는 내 이야기를 가로막듯이, 엄청난 기세로 술술 떠들었다.

"와, 진짜 반갑다. 이런 곳에서 너를 만날 줄이야. 나 기억하지. 초등학교 4학년 올라가기 전에 오사카로 이사했잖아. 그래서 도쿄 애들이랑은 아무하고도 연락이 안 됐거든. 만나서 진짜 반갑다. 지금 집에 가는 거야?"

"으, 응. 뭐……."

야마모토의 웃는 얼굴과 기세에 압도되어 어째 '모른다'고 말하기 어려워진 나는 애매하게 대답했다.

"정말로 타이밍 진짜 죽이네. 좋아, 한잔하러 가자."

갑작스러운 권유에 "어, 아니, 그게……" 하고 허둥거리는 나를 신경도 쓰지 않고 야마모토는 계속 떠들었다.

"좋아, 가자, 가. 내가 괜찮은 가게 알아. 회 먹어?"

"그게…… 먹기는 하는데……."

"좋았어, 정했다!"

야마모토는 기쁜 목소리로 외쳤다.

나는 그저 어리둥절하기만 했다.

"우아아, 이런 우연이 다 있구나."

야마모토는 싱글벙글하며 개찰구로 이어지는 계단으로 걸어갔다.

어쩐다.

그 자리에 우두커니 서 있는 나에게 야마모토가 돌아보며 환한 미소를 지었다.

"진짜로 하느님께 감사하네."

가지런한 앞니를 반짝 빛내는 야마모토는 진심으로 반가워하는 것 같았다.

어쩌면 옛날에는 제법 친했는지도 모른다.

그렇게 생각하니 야마모토가 어떤 친구인지 떠올리지 못하는 것이 미안해 죽을 지경이었다.

아무튼 기억하는 척이라도 하고 이야기를 맞출까.

나는 아직 조금 멍한 머리로 휘청거리며 야마모토를 뒤따라 걸었다.

* * *

빈말로도 깔끔하다고는 못할 그 술집은 월요일 밤인데

도 동네 주민인 듯한 손님들로 북적였다. 다이료*라는 가게 이름대로랄까.

그다지 편할 것 같지 않은 얇은 방석 하나 덜렁 깐 나무 의자는 상당히 오래된 물건으로 보였다.

야마모토는 의자에 털썩 앉더니 서둘러 메뉴판을 들었다.

나는 어찌해야 할지 모른 채 그 자리에 서 있었다.

"얼른 앉아."

야마모토는 생글생글 웃으며 그 말만 하고는 몇 개의 메뉴표에서 '오늘의 추천'이라 적힌 종이를 꺼내 진지한 표정으로 노려보기 시작했다.

휩쓸려서 따라와 버렸지만 이제 어쩌면 좋은가.

일단 나는 그대로 자리에 앉지 않고 야마모토에게 화장실을 다녀오겠다고 말했다.

내 가방을 맡기자 야마모토는 "맥주로 시킬까?"라며 미소를 지었다. 승강장에서 본, 앞니를 활짝 드러낸 치약 광고 미소였다.

"어, 그래."

* 大漁, 풍년이라는 뜻 / 옮긴이

나는 야마모토와는 영 딴판인 어색한 미소로 대답하고 화장실 안으로 도망쳤다.

화장실은 가게 내부 모습으로 상상한 것보다 깨끗했다. 혼자만의 좁은 공간에서 서둘러 휴대전화를 꺼낸다. 화면을 내리자 한동안 보지 못한 그리운 이름들이 나열되었다.

나는 그중에서 꼬박 2년 이상 연락하지 않았던 한 사람에게 전화를 걸었다.

뜻밖에 전화번호는 바뀌지 않았다. 몇 번 통화음이 들린 다음, 휴대전화 안쪽에서 미심쩍어하는 목소리가 들렸다.

— 여보세요?
— 앗, 아, 나, 아오야마인데…… 가, 아니, 이와이?

순간 '가즈키'라고 이름을 부르려다가 대신 성을 불렀다. 오랜만에 연락해서 이전처럼 허물없이 불러도 될지 망설여졌기 때문이다.

수화기 너머 이와이 가즈키는 내 이름을 듣고 목소리가 높아졌다.

─ 어, 아오야마 맞구나? 오랜만이다. 웬일이야?

─ 저기 말이야…… 갑자기 이상한 질문이라 미안한데, 너, 야마모토라고 기억해?

─ 야마모토?

─ 응. 아마도 초등학생 때 같은 반이었던 것 같은데…….

─ 몇 학년 때?

─ 그게…… 아, 4학년이 되기 전에 전학했다니까 그 전인가.

─ 아, 야마모토…… 겐이치? 초등학교 3학년 때 같은 반이었던.

─ 앗! 맞아, 야마모토 겐이치…… 있었지. 나랑 사이가 좋았나?

─ 응? 뭐야, 갑자기. 아오야마랑…… 그렇게 엄청 사이 좋았던 기억은 없는데. 너무 오래돼서 잘 모르겠네.

─ 그래. 갑자기 미안하다.

─ 야마모토가 어쨌는데?

─ 아니, 별로 대단한 일은 아니고…… 좀 신경 쓰여서.

─ 흐음?

─ 아니…… 아니, 이제 됐어. 고마워.

— 그래, 뭔지 잘 모르겠다만. 근데 너는 지금 뭐해?

— 어?

— 직장 말이야, 직장. 전혀 소식이 없었잖아.

— 아…… 뭐, 평범한 영업직이야.

— 영업이구나. 힘들겠다, 야. 나도 지금 요쓰바 물산에서 영업 뛰고 있는데, 진짜 힘들어. 다음에 정보 교환하자.

— 그래, 조만간. 미안, 나 지금 좀 시간이 없어서…….

— 아, 알았어. 그럼 또 보자.

— 그래, 고마워. 또 연락할게.

전화를 끊자 여러 가지 감정이 밀려왔다.

이와이는 요쓰바 물산에 다니는구나……. 내가 떨어진 기업이다. 정말로 가고 싶었던 곳이었다.

요쓰바 물산에 다니는 이와이와 무슨 정보를 교환하자는 건가. 우리 회사에 인쇄물을 맡겨 달라는 부탁 정도밖에 할 게 없다. 중학생 때까지는 내가 성적이 더 좋았는데 말이다.

멍하니 생각에 잠겨 있는데 끼익 하고 문이 삐걱거리는 소리가 들렸다. 누군가 들어온 모양이다. 나는 서둘러

변기에 물만 내리고 좁은 화장실 칸에서 나왔다.

　자리로 돌아오는 짧은 시간 동안 머릿속에서 그의 이
름을 되뇌었다.
　야마모토 겐이치…….
　역시 이렇다 할 인상적인 추억이 떠오르지 않는다. 추
억은커녕 얼굴조차 제대로 떠오르지 않는다. 저렇게 인
상 깊게 웃었던가. 굳이 따지면 얌전한 친구였던 것 같다.
오사카 출신 중에 재밌는 사람들이 많다던데, 혹시 오사
카에 살면 사람이 밝아지는 건가. 그런지도 모르겠다.

　"미안, 기다렸지."
　자리로 돌아가 야마모토에게 맡겨 놓은 가방을 받아들
고 작은 방석에 간신히 엉덩이를 집어넣었다.
　"아니, 안 기다렸어, 괜찮아."
　야마모토의 잔에 든 맥주는 반쯤 줄어 있었다. 씩 웃는
치약 광고 미소에도 익숙해졌다.
　"거품이 사라져 버렸네."
　야마모토가 내 맥주잔을 가리켰다. 너무나 아쉽다는
듯이 눈썹이 축 늘어지고 아랫입술이 삐죽거렸다.

"아, 괜찮아. 화장실에 사람이 많더라고."

나는 눈앞에 있는 야마모토의 풍부한 표정과 기억에
희미하게 남아 있는 그 옛날 야마모토의 얼굴을 겹쳐 보
려 했지만 역시 잘되지 않았다.

떠오르지 않는 기억을 언제까지고 더듬고 있어도 소용
없다.

거품은 사라졌지만 맥주는 여전히 끝내주게 시원했다.
맥주를 3분의 1쯤 마시고, 나는 솔직히 물어보기로 했다.

"야, 어떻게 나인 줄 알았어?"

야마모토는 풋콩을 손가락으로 만지작거리면서 잠시
생각하는 표정을 지었다. 그리고 또 씩 웃었다.

"얼굴이 그대로니까."

"그래?"

"스스로는 모르겠지."

맞다. 내 얼굴이 옛날과 달라졌는지 아닌지 나는 알 수
없다. 그런 것에 신경 쓴 적도 없다.

"너는 좀 달라진 것 같은데."

"그래? 오사카 억양을 써서 그런 거 아냐?"

"아, 맞아 그것도 있어. 분명히. 역시 오사카에 살면 그

렇게 되는구나."

"아직 어렸으니까. 이제 완전히 네이티브 오사카 사람
이야."

"하하, 그렇구나. 게다가 오사카에 살면 다들 재미있어
지나 봐."

내가 웃은 순간 야마모토는 나를 가리키고 큰 소리로
말했다.

"그거!"

갑작스러운 상황에 나는 얼빠진 목소리를 냈다.

"응, 으응?"

"그거, 못써. 오사카 사람이 모두 재미있다고 생각하면
절대로 안 돼. 그것 때문에 얼마나 기준이 높아지고, 오사
카 사람들이 얼마나 상처 입었는지 아냐."

"어, 그, 그래?"

"요새 텔레비전에서도 오사카의 흥이나 만담 같은 거
자주 하잖아. 하지만 그런 건 옆에서 받아쳐 주는 사람이
있기 때문에 가능한 거야! 이런 적진 한복판에서 느닷없
이 재미있는 거 해 달라는 말은 폭력이나 마찬가지라고."

"그렇구나. 알았어. 주변에 말해 둘게."

나는 야마모토의 기세와 노기가 이상하고 웃겨서 키득

거리며 말했다.

"좋아, 단단히 못을 박아 둬. 진짜다! 웃지 말고."

그렇게 말하면서도 야마모토는 싱글싱글 웃으면서 맥주를 마셨다.

"너도 웃고 있잖아."

"오, 좋아, 지금 받아친 거. 제법이네."

야마모토는 자신의 위팔을 탁탁 두드리고 씩 웃었다.

신기한 기분이었다.

십몇 년 만에 만났는데 오랜만이라는 느낌이 전혀 나지 않는다.

오래전부터 사이좋은 친구 같다.

역시 옛날에 우리가 친했던 걸까.

눈 깜짝할 사이에 맥주 두 잔을 비운 우리는 당연하다는 듯이 석 잔째를 시키고 옛날이야기를 시작했다.

"야마모토는 초등학교 시절 나에 대해 뭔가 기억나?"

"음…… 기억 안 나!"

"뭐?"

나는 쓴웃음을 지었다.

야마모토가 똑같은 질문을 했다.

"아오야마는? 옛날 일 뭔가 기억해?"

"으음……."

"특별히 나랑 있었던 일이 아니어도 괜찮아. 옛날이야기를 하자. 예를 들어 옛날에는 뭐가 되고 싶었는지."

그렇게 말한 야마모토의 눈빛이 깜짝 놀랄 만큼 부드러웠다.

정말로 오랜만에 즐거움이란 감정을 떠올렸다. 어쩌면 일하기 시작하면서 진심으로 마음 편한 적은 한번도 없었는지도 모른다.

석 잔째 맥주가 테이블에 놓이자 나는 술술 이야기했다.

"옛날에 되고 싶었던 거? 뭐더라. 맨 처음에는 축구 선수였나. 너는?"

"나는 영화감독."

"와, 어른이었네. 난 초등학생 땐 만화영화밖에 안 봤는데."

남의 꿈을 들을 기회는 좀처럼 없다. 옛날이야기라지만 작은 비밀을 공유한 것 같아 두근거렸다.

정신을 차리니 지금 시간도, 내일 업무도, 오늘이 악몽 같은 월요일이었던 것도 까맣게 잊고 있었다.

"아, 맞다, 무라센 기억해? 초등학교 3학년 때 담임이 었잖아. 늘 검은 운동복을 입었지."

나는 여태껏 먹은 것 중에 가장 맛있는 임연수어를 집 어먹으면서 맥주를 마셨다. 오늘은 얼마든지 마실 수 있 을 것 같다.

"아아, 엄청 그립네."

야마모토가 실눈을 지으며 대답했다.

"그 사람, 아직도 축구부 고문을 맡고 있나 봐. 내가 있 던 시절에도 달리는 게 힘들어 보였는데. 용케 자리를 지 키고 있다니까."

수박이 통째로 들어간 듯한 볼록한 무라센 선생님의 배를 떠올렸다. 그 배는 지금쯤 어떻게 되었을까. 머리가 벗겨진 무라센 선생님이 불룩 나온 배를 더욱 내밀고 달 리는 모습을 상상하고 나는 히죽거렸다.

야마모토는 열심히 임연수어를 바르고 있던 손을 멈추 고 말했다.

"선생님 어릴 적 꿈이 축구부 고문이었는지도 모르지."

"그렇다면 대단하네. 꿈을 완벽하게 이룬 거니까. 하지 만 보통은 축구 선수를 꿈꿨겠지."

"그 시절에는 아직 프로 축구가 없지 않았을까?"

"아, 그런가. 그러고 보니 J리그가 생긴 게 우리가 태어난 뒤구나."

"그때까지 프로 선수라고 하면 오로지 야구였을 거야."

"하지만 난 그거 기억해. 프랑스 월드컵. 아마 프랑스 대회였을 거야. 그게 인생에서 처음으로 축구 경기를 본 날일 수도 있어. 규칙도 잘 몰랐지만 엄청 흥분해서 필사적으로 응원했던 거 기억나."

"지금은 축구 안 해?"

"고등학교까지 했지. 대학에서는 풋살 동아리에 들어갔지만 놀이 수준이었어."

"청춘의 캠퍼스 라이프였구만."

"허, 진부해."

나와 야마모토는 동시에 소리 내서 웃었다. 고등학생 때로 돌아간 것처럼.

고등학생 시절의 야마모토는 아마도 이런 느낌이었겠지. 친구도 많고 반에서 인기도 많고. 내가 같은 반이었다면 별명은 '치약'이라고 붙였을 것이다.

"슬슬 막차 시간인가?"

야마모토가 여기에 와서 처음으로 손목시계를 보았다.

마침 넉 잔째 맥주를 다 마신 참이었다.

"아, 그렇네."

나는 아쉬운 마음을 숨기고 아무렇지 않은 얼굴로 가방을 뒤져 지갑을 꺼냈다.

야마모토가 내 손을 제지했다.

"오늘은 됐어."

"엇, 왜 그래."

"내가 갑자기 오자고 했잖아."

"그게 무슨 상관이야."

서로 내겠다고 입씨름을 하면서 계산대로 간다. 그러고 보니 가격을 제대로 보지도 않았다.

계산대 앞에서도 지갑을 넣지 않는 나에게 야마모토가 말했다.

"다음에는 네가 사."

이 한마디로 나는 순순히 지갑을 가방에 넣었다.

여기서 각자 내서 다음 약속이 사라지는 것이 싫었는지도 모른다.

그만큼 야마모토와 지낸 시간이 즐거웠다.

생각보다 저렴했던 술집을 뒤로하고 역으로 걸어가다

가, 야마모토와 연락처를 주고받지 않았다는 사실을 깨달았다.

휴대전화를 꺼내려고 주머니에 손을 넣었을 때, 야마모토가 느닷없이 멈추어 섰다.

"아오야마, 번호 알려 줘."

타이밍 한번 죽인다. 나도 모르게 입꼬리가 올라갔다.

"왜 히죽거려."

그런 야마모토도 지지 않고 싱글거리고 있다.

"아무것도 아냐."

"이럴 때는 '너도 히죽거리고 있잖아'라고 해야지!"

아차, 하고 생각한 순간 야마모토가 틈도 주지 않고 말했다.

"아아, 역시 아직 멀었어. 다음에 만날 때까지 좀 더 실력을 갈고닦아 둬."

그렇게 말하면서 자신의 위팔을 탁탁 두 번 두드리고 씩 웃는다.

오늘의 마지막 치약 광고 미소.

나도 오늘의 마지막 어색한 미소를 야마모토를 향해 지었다.

10월 10일
월요일 (공휴일)

오늘은 아침부터 화창하다.

예전에는 휴일 아침에 일어나는 법이 없었다. 햇살을 받으며 느긋하게 기지개를 켜는 일도 없었다.

샤워를 하고, 새로 산 셔츠를 입는다. 거울 앞에 서서 머리에 왁스를 바르고 손끝을 살짝 놀렸다.

'휴일에는 더 공들여 멋을 내.'

야마모토에게 들은 말이다.

'설령 데이트 상대가 남자더라도.'

처음에는 귀찮은 소리를 하는 놈이라고 생각했다. 하지만 막상 해 보니 평소보다 조금 일찍 일어나 몸단장하는 것만으로도 기분이 좋아진다는 사실을 깨달았다.

야마모토 말대로 멋을 내려고 해도 정작 입을 옷이 없었다. 나는 틈틈이 쇼핑을 했다.

외근을 나가서도 쇼윈도를 보며 걸었다. 유리로 둘러싸인 작은 세계는 늘 화려하고, 보기만 해도 계절을 느낄 수 있었다. 점원의 복장을 보고 요즘 유행도 다소나마 알게 되었다. 비싸지 않아도 새 옷을 산다는 건 생각보다 즐거운 경험이었고, 조금씩 나 자신이 좋아하는 색과 스타일도 알게 되었다. 귀찮아서 예약을 미뤄 둔 미용실에도 갔다.

복장이 바뀌면 기분도 바뀐다. 기분이 바뀌면 표정도 바뀐다.

짜증스러운 얼굴을 한 놈과 이야기하고 싶어 하거나, 그런 놈에게 뭔가를 사고 싶어 할 사람은 없다. 그 사실을 최근에야 깨달았다.

실제로 직장에서 분위기가 달라졌다는 말을 듣게 되면서부터 영업 성적이 조금 올라갔다.

정말로 아주 조금씩이지만, 일에도 자신감이 붙었다.

종종걸음으로 개찰구를 지나 전철에 잽싸게 탔다. 약

속 시각이 아슬아슬하다.

유감스럽게도 데이트 상대는 오늘도 야마모토다.

그날 이후 주말마다 야마모토를 만난다. 지난주에는 내가 좋아하는 축구 경기를 보러 갔고, 엊그제는 쇼핑하고 야마모토가 좋아하는 영화를 봤다. 평일에도 가끔 퇴근길에 만나 밥을 먹는다. 꼭 이제 막 사귀기 시작한 커플 같다.

지난번에 만났을 때, 야마모토가 나에게 무슨 일을 하느냐고 물었다. 나는 '영업'이라고 대답하고 야마모토에게 명함을 한 장 주었다. 그 뒤로 야마모토는 이것저것 충고해 주었다.

충고는 아주 사소한 일부터 직접 업무에 관련 될 만한 것까지 광범위했다.

좀 더 밝은색 넥타이로 바꾸면 어떻겠냐, 귀와 이마가 보이게 머리를 잘라라.

누군가에게 무언가를 설명할 때는 자신이 생각하는 것보다 1.5배 천천히 이야기하라는 충고까지 해 주었다.

"너무 천천히 이야기하면 바보 취급한다고 생각하지 않을까."

반신반의하는 나에게 야마모토는 특기인 치약 광고 미소를 지으며 단언했다.

"절대로 그렇게 생각할 리 없어! 내가 보장할게."

"그래?"

"야, 어른이란 폼 잡는 생물이라고. 설령 상대의 이야기를 이해하지 못하더라도 좀처럼 '잘 모르겠는데 한 번 더 설명해 주세요'라고 말하지 못해. 그러니까 초등학생 상대로 이야기하듯이 친절하고 깍듯하게 천천히 설명해 주는 게 딱 좋아."

"그렇구나……."

"만약 그쯤은 알고 있다고 혼낼까 봐 걱정되면 이야기를 시작할 때 '아실지도 모르지만'이라든가 '혹시 모르니'라고 말해 두면 돼. 아는 얘기면 상대방이 먼저 우쭐하며 떠들 거야. 그럼 넌 '아, 대단하시네요, 역시 잘 아시네요. 저보다 잘 아시는 거 아닙니까?'라고 해."

그 말투가 재미있어서 나는 히죽히죽 웃었다.

"너무 어물쩍 넘기는 말 아냐?"

"말투는 표준어로 바꿔야 한다. 하지만 진짜야. 조금이라도 상대방을 치켜세울 기회가 있으면 뭐든 칭찬해. 자기 이야기를 들어 달라고 하기 전에 상대방 이야기를 들어. 상대방에게 먼저 화제를 던지는 거지. 그러면 상대방도 네 얘기를 제대로 들어 줄 거라고. 그제야 비로소 대등한 인간관계를 쌓을 수 있어."

나는 야마모토의 미니 강좌에 감탄하며 궁금했던 것을 물었다.

"그러고 보니 너는 무슨 일을 해?"

"지금? 지금 난 그냥 니트*족이야."

"니트족이라니! 너, 직장 안 다녀?"

어쩐지 언제 만나자고 해도 선뜻 나오더라니.

"먹고살려고 아르바이트는 해."

"그래도 괜찮아? 지금, 일할 곳을 찾고 있는 거야?"

"일할 곳…… 음, 굳이 취직하지 않아도 의외로 살아갈 만하니까."

야마모토는 아무렇지도 않게 대답했다. 하지만 어쩌면 무슨 사정이 있는지도 모른다. 이 화제는 더 깊이 묻지 말자.

"나는 영업이나 판매직인가 했어."

---

* NEET. 'Not in Education, Employment or Training'의 줄임말로 '일할 의지가 없는 청년 실업자'라는 뜻 / 옮긴이

"그야 나니와 상인*의 피가 흐르니까."

야마모토는 나조차도 이상하다고 느낄 정도로 지나치게 강한 오사카 억양으로 말했다.

"야, 그래도 네 고향은 도쿄잖아. 아닌가, 원래는 그쪽 출신이었나?"

"부모님이 오사카 분들이야."

"그랬구나."

"거짓말인데."

"야, 어느 쪽이야!"

"나니와 상인을 우습게 보면 안 된다는 거지."

"아, 됐다 됐어."

내가 어이가 없어서 웃자 야마모토는 재미있다는 듯이 헤헷 하고 코를 비볐다.

어느 쪽이 거짓말이고 어느 쪽이 진실일까. 야마모토가 어디까지 진지하게 나에게 충고해 주는지는 솔직히 모르겠다.

그러나 분명한 사실은 야마모토의 별것 아닌 말에 나

* 오사카의 옛 지명. 나니와 상인은 예로부터 근면성실의 표본으로 여겨져 왔다. / 옮긴이

는 조금씩 바뀌고 있고, 업무에도 좋은 영향을 주기 시작했다는 것이다.

야마모토가 그날, 그 승강장에서 나를 발견해 주지 않았다면 나는 지금쯤 어떻게 되었을까.

생각만으로도 섬뜩하다.

그건 그렇고 아무리 얼굴이 그대로라도 초등학교 3학년 시절 동창을 용케 발견하다니.

아무래도 그 점이 이상해서 야마모토에게 물었다.

야마모토는 살짝 기분 나쁜 소리를 해도 되느냐고 먼저 말한 뒤에 이렇게 대답했다.

"찌릿하고 왔어. 운명인가 봐."

그러고는 씩 웃었다.

나는 그거면 됐다고 스스로를 납득시켰다.

우연히 일어난 기적 같은 재회.

우리의 운명이 그렇다면 그걸로 충분하지 않을까.

덕분에 나는 구원받았다. 아니, 하느님이 굽어살펴 주셨는지도 모른다.

솔직히 나는 이 기이한 운명에 감사했다.

* * *

일주일의 노래

작사 · 작곡 / 아오야마 다카시

월요일 아침에는 죽고 싶어진다.

화요일 아침에는 아무 생각도 하고 싶지 않다.

수요일 아침에는 가장 고되다.

목요일 아침에는 조금 편해진다.

금요일 아침에는 조금 기쁘다.

토요일 아침에는 가장 행복하다.

일요일 아침에는 조금 행복하다. 그러나 내일을

생각하면 되레 우울해진다.

이하 반복.

입사 한 달째에 현실 도피를 위해 만든 노래다. 여전히
나는 멍청이다.

오늘은 수요일. 일주일의 반환점. 몸은 웬만큼 지쳤는
데 아직 한 주가 절반이나 남아 있어 개인적으로 의욕이

가장 떨어지는 날이다.

그러나 오늘만큼은 아침부터 몸에 힘이 들어갔다.

지난주에 야마모토가 골라 준 넥타이를 거울 앞에서 평소보다 정성껏 맸다. 맑은 가을 하늘 같은 아름다운 파란색이다.

입사하고 문턱이 닳도록 드나들던 고타니 제과라는 과자 회사에서 수량은 적지만 주문을 받는 단계까지 왔다. 이번 수주는 작은 사내 광고이지만, 잘되면 초콜릿 안에 넣는 향미료 설명서를 우리 회사에서 인쇄할지도 모른다. 한번 계약을 달성하면 앞으로 상당히 중요한 시장이 될 것이다. 입사 이후 가장 큰 계약을 딸 가능성이 있다.

"안녕하십니까!"

가장 먼저 출근했으리라 생각한 사무실에는 이가라시 선배가 있었다. 이 부서 에이스라 할 수 있는 존재로 내가 동경하는 사람이다. 잘생긴 얼굴에 인간성도 훌륭한 데다 실적도 좋다. 입사 후 줄곧 나를 챙겨 주었고, 거리낌 없이 대화를 나눌 수 있는 몇 안 되는 선배 중 한 사람이다.

"아침부터 기운이 넘치네."

이가라시 선배는 단정한 얼굴 그대로 평소처럼 상냥하게 웃으며 말했다.

분홍색에 가까운 연보라색 넥타이가 잘 어울린다.

그러고 보니 선배는 늘 밝은 색상 넥타이를 한다. 말할 때도 부서 사람 누구보다 천천히 이야기한다. 말 빠른 사람이 많은 이곳에서 선배가 풍기는 여유와 상냥함은 이야기하는 속도와 관계가 있는 걸까.

"오늘은 기합을 넣고 임해야 해서요."

"고타니 제과랑 미팅이 있구나. 어때, 될 것 같아?"

"네, 느낌이 괜찮아요. 지금 철저하게 준비하는 중입니다."

"그래. 최근에 좋아 보이더라. 이게 체결되면 큰 건이야. 모르겠는 게 있으면 뭐든 물어봐."

"네! 감사합니다."

이 일이 잘되면 자신감을 얻게 될 거다. 날 응원해 주는 잘나가는 선배도 있다. 이보다 더 든든할 수 없다.

이번만큼은 잘될 것 같은 예감이 든다.

아무리 괴로운 일이라도, 아무리 체력적으로 힘들어도 성과가 나오면 정신적으로 편해진다. 병은 마음에서 온다는 말이 백번 옳다. 마음이 안정되자 신기하게 몸이 건강해졌다. 잔업 따위 아무것도 아니다.

시도 때도 없이 버럭 고함을 지르는 부장은 여전했지만, 야마모토에게 투덜거리는 걸로 스트레스를 해소했다.

실제로 지금 내가 좋은 사이클로 접어들었다는 것이 느껴졌다.

나는 단단히 마음먹고 고타니 제과에 갈 준비를 했다.

"그래서 오늘은 잘했어?"

처음 둘이서 마신 다이료에서 야마모토와 만났다. 다이료는 여느 날과 마찬가지로 오늘도 손님들로 북적거린다.

빨리 오늘의 결과를 전하고 싶어서 돌아가는 길에 야마모토를 불러냈다. 야마모토는 흔쾌히 와 주었다.

"응, 감이 꽤 괜찮아. 노다 씨라는 분이 담당자인데, 내가 입사했을 때부터 이야기를 들어 주셨어. 지금은 편하게 말해도 처음에는 꽤 어려운 분이었어. 조금씩 이야기를 나누다 요새는 개인적인 이야기도 해. 아, 지난달에 손자가 태어났대. 그 아이가 초콜릿을 먹을 수 있을 때까지 현역에서 열심히 일하고 싶다고……."

신나게 떠들다가 퍼뜩 야마모토를 바라보았다.

"미안, 혼자 떠들었지."

"아냐, 괜찮아. 그래서?"

야마모토는 상냥한 미소를 지으며 물었다.

"그래서 말이지, 드디어 노다 씨가 내 성의와 열의가 전해졌다면서, 아직 미미하지만 계약을 체결했어."

"잘됐네."

야마모토는 기뻐하며 눈을 가늘게 떴다.

"이 일이 잘 풀리면 다음에는 큰 단위의 주문을 받을지도 몰라."

나는 말이 많아졌다.

"대단하다. 이대로 잘되면 좋겠어."

마치 자신의 일처럼 기뻐하며 웃는 야마모토를 앞에 두고 나는 작은 방석 위에서 꾸물꾸물 엉덩이를 움직여 최대한 자세를 바로잡았다.

야마모토에게 꼭 전하고 싶은 말이 있다.

등을 곧게 펴고 눈앞의 남자를 똑바로 응시하니, 야마모토는 어리둥절한 얼굴을 했다.

"야마모토, 여러모로 고마워."

야마모토는 허를 찔린 듯 놀란 표정을 지었다.

조금 쑥스러운 눈치다.

"뭐야."

"네가 없었다면 나는 이 계약을 따지 못했을 거야."

야마모토는 멋쩍은 미소를 지은 채 맥주로 손을 뻗었다. 쑥스러움을 숨기고 싶은 모양이다.

"무슨 소리야. 지금까지 노력과 성의 덕택이지. 네 실력이야."

"아니, 나를 바꿔 준 사람은 너야. 자신감 있게 상대방과 이야기할 수 있게 된 것도 네 조언 덕분이니까. 정말로 고맙다."

진지하게 이야기하는 나와 다르게 야마모토는 아하핫하고 소리 내서 웃었다.

"뭐야, 취했냐?"

"아직 안 취했어."

내가 미소로 답하자 야마모토가 더욱 기쁜 듯이 씩 웃었다.

만났을 때와 조금도 달라지지 않은 웃는 얼굴.

내 미소는 어떨까. 나도 조금은 자연스럽게 웃을 수 있게 되었을까.

야마모토가 본 내가 조금이라도 달라졌다면 좋겠다.

언젠가 '웃는 얼굴이 보기 좋다'고 생각될 만한 사람이
되고 싶다.

야마모토에게도, 주변 사람들에게도.

기분 좋게 두 번째 잔을 다 비우고 야마모토가 말했다.

"아오야마, 요새 계속 야근했지? 오늘은 슬슬 일어날
까."

"어, 벌써?"

"지금 건강을 해치면 본전도 못 찾잖아?"

손목시계를 확인해 보니 이미 저녁 10시가 넘었다.

"정식으로 계약을 체결하면 축하 파티라도 하자고."

이렇게 말하자 야마모토는 다시 한 번 씩 웃었다.

"그래. 앗, 오늘은 내가 불러냈잖아."

나는 낚아채듯이 계산서를 잡자마자 서둘러 가방 속
지갑을 찾았다.

가게 바깥으로 나가자 바람이 불었다. 쌀쌀해진 바람
이 맥주로 붉어진 볼을 어루만진다. 더없이 상쾌하다.

야마모토의 짧은 머리카락도 바람에 기분 좋게 나부

졌다.

"오늘 잘 먹었어. 그러면 축하 파티는 내가 어디 좋은 가게로 데려가 줄게."

"진짜? 좋아! 기대한다."

"그럼 내일도 적당히 열심히 해."

야마모토는 그 말만 하더니 등을 휙 돌리고 걷기 시작했다.

"그래! 고맙다."

나는 야마모토의 등에 대고 말했다.

야마모토는 등을 돌린 채 한 손을 들어 응했다.

정말로 상쾌한 바람이다. 나는 천천히 걸으면서 생각했다.

사계절 중에서 가을이 가장 좋다. 덥지도 춥지도 않고 꽃가루도 날리지 않는다.

그리고 무엇보다 부드럽게 부는 서늘한 바람은 마음을 평온하게 만든다.

나는 이대로 모든 것이 잘되리라 믿었다.

10월 15일
토요일

야마모토의 말대로 요즘 계속 야근이다.

이전보다 의욕은 훨씬 넘쳤지만 의욕과 체력은 별개 문제다. 허세를 부려도 실제로는 힘들다. 아무리 애써도 건강을 해치면 본전도 못 찾는다는 야마모토의 말이 백 번 옳다.

내일은 일요일. 느긋하게 자고 체력을 회복하자. 그렇게 생각한 나는 평소보다 조금 일찍 업무를 마치고 발걸음을 재촉해 집으로 향했다.

집 근처 역에 도착한 순간 타이밍을 계산한 것처럼 휴대전화가 울렸다.

순간적으로 부장의 얼굴이 머리를 스쳐서 몸이 움찔 반응했다.

　머뭇머뭇 주머니에서 휴대전화를 꺼내 표시된 이름을 보고 또 다른 의미로 놀랐다.

　─여보세요?

　─아, 나 이와이인데.

　─어, 어, 저번에 고마워.

　─그 일 말인데. 그 전화 끊고 기분이 좀 묘하더라고.

　─웅?

　─그래서 다른 애들한테 좀 물어봤거든.

　─뭘?

　─야마모토 겐이치 말이야.

　─앗, 아아, 그거면…….

　이제 괜찮다고 말하려던 순간, 이와이의 입에서 생각지도 못한 말이 튀어나왔다.

　─그 녀석 지금 뉴욕에 있대.

바로 이해하지 못하고 몇 초 동안 말을 잃은 뒤 나는
목소리를 짜냈다.

　─ ……뭐?
　─ 뉴욕에서 산다고. 겐이치 녀석, 지금 뉴욕에서 공연
쪽 일을 하고 있대. 굉장하지 않냐?
　─ 지금이라니, 지금 현재도? 일본에 돌아와 있는 건 아
니고?
　─ 아닐걸. 어제 물어봤으니까. 지금은 한창 공연 중인
모양이야. 그렇게 눈에 띄는 애가 아니었는데 깜짝 놀랐
어. 하지만 지금 생각하면 그 시절부터 왠지 다른 애들과
달랐다고 해야 하나, 뭔가 어른스러웠어. 예술 쪽 재능이
있었나 보네.
　─ 어, 지금, 지금 뉴욕에 있다는 거지?
　─ 그렇대도.
　─ 그렇구나…….
　─ 네가 겐이치에게 무슨 볼일이 있나 싶어서 연락했
어. 혹시 연락처를 알고 싶다면 가르쳐 줄게.
　─ 아냐, 아냐, 이제 괜찮아.
　─ 그래? 그럼 됐고.

혼란스러운 머릿속을 한시라도 빨리 정리하고 싶어서
이야기를 마무리 지으려 했다.

　— 그래서 연락해 준 거야? 괜히 미안하네.
　— 됐어, 괜찮아. 아, 그리고 또 다 함께 한잔하러 갈까
하는데. 미키오하고 요새 연락해? 이번에 걔한테 겐이치
이야기를 들었거든. 오랜만에 통화했어.
　— 아, 나도 연락한 지 꽤 됐네.
　— 모처럼 너랑도 연락이 됐고 말이야.
　— 응, 맞아. 갑작스러웠지만.
　— 하하, 맞아. 너무 느닷없어서 좀 겁먹었잖아. 하지만
네가 전화해 줘서 기뻤어. 취직하고는 동창들이랑 모일
시간도 없었으니까.

　이와이의 목소리에서는 쓸쓸함이 전해졌다.
　아무래도 일부러 연락한 이유는 그저 야마모토의 현재
상황을 알리고 싶기 때문만은 아니었던 모양이다.

　— 그건 나도 마찬가지야.
　— 요새 일 바빠?

―지금은 좀. 정신없어.

―그렇구나. 정리되면 또 다 같이 시간을 맞춰 보자. 진짜로.

―그래. 정리되면 한번 모이자.

인사치레가 아니라 진심으로 그러자고 마음먹었다.

밤새 이야기를 나누던 그리운 중학생 시절이 머리를 스쳤다.

―야, 가즈키.

―응?

―요쓰바 영업직은 많이 힘들어?

―아아, 장난 아니야. 어떻게든 고꾸라지지 않으려고 발버둥치고는 있지만.

―그렇구나…… 다들 고생이구나.

―맞아. 인생이란 정말 수고스러워.

―하하.

―그럼 또 연락하자.

―오, 그래. 진짜로 연락한다.

―그래! 기다리마.

전화를 끊고 갖가지 심정이 몸속에 뒤섞였다.

모두 마찬가지다. 괴로워하고 발버둥치면서도 어떻게 든 자신의 길을 찾아내려고 모색하고 있다.

이와이 가즈키⋯⋯. 녀석도 대기업이니 구속받는 부분 도 크고 짓누르는 압박감도 거대하겠지.

이번 계약 건이 정리되면 다 함께 마시자.

서로 회사 욕도 하고, 사회에 불만도 터뜨리는 거다. 허 세 부릴 필요 따위 없다. 우연히 가까이에 앉은 대단하신 인생 선배님께서 "요즘 젊은 것은⋯⋯"이라고 투덜거릴 정도로 큰 소리로 이야기하자.

그건 그렇고⋯⋯.

나는 허공을 응시하며 생각했다.

야마모토.

그 녀석은 내 동창인 야마모토 겐이치가 아니다.

그럼 대체 누구지.

어째서 내 앞에 나타난 거야.

만난 이후로 줄곧 이렇게나 나를 도우려 하는 이유가 뭐야.

모르겠다.

야마모토.

너는 대체 누구야.

* * *

쏜살같이 집으로 돌아가서 서둘러 컴퓨터를 켰다. 페이스북이나 구글처럼, 요즘에는 개인 정보를 간단히 확인해 볼 수 있는 인터넷 사이트가 넘쳐난다.

나는 그중에서 그나마 신빙성이 높은 정보가 올라와 있는 페이스북을 찍었다. 그리고 검색창에 야마모토라는 이름을 입력하려다 말고 중요한 사실을 깨달았다.

나는 야마모토라는 성만 알 뿐, 이름은 모른다.

여태까지 겐이치가 본명이라고 생각하고 있었다. 진짜 이름 따위 알 리가 없다.

혹시 몰라 알파벳으로 'Yamamoto Kenichi'라고 입력해 보았다.

많은 이름이 검색되었다. 주소를 뉴욕으로 해서 다시 검색했다.

몇 가지 개인 정보가 나열된 가운데 가장 가까운 인물을 찾아냈다. 직업은 공연 관계자로 되어 있다. 그 인물 페이지를 여니 알파벳 말고 한자로 '야마모토 겐이치(山本健一)'라고 적혀 있다.

먼 기억이 되살아났다. 그러고 보니 이런 한자였던 것 같다.

그의 페이스북 페이지에는 사진 몇 개가 공개되어 있었다. 나는 사진을 보고 확신했다. 내 기억에 희미하게 남은 그의 모습은 틀림없이 사진 속 '야마모토 겐이치'와 겹쳤다.

그는 페이스북을 자주 업데이트하는지 어젯밤에 먹은 듯한 간소한 식사까지 올라와 있었다. 내용은 영어라서 자세히는 모르겠지만, 일이 지연되었다는 듯한 얘기가 적혀 있었다.

나의 초등학교 동창인 '야마모토 겐이치'는 틀림없이 뉴욕에 있다.

나는 그리운 야마모토의 페이스북 페이지를 닫고 다시 한 번 검색창으로 돌아갔다. 이번에는 한자가 아니라 가타카나로 '야마모토'라고 입력한다. 검색 버튼을 클릭하자 엄청난 수의 '야마모토'들이 나왔다. 도저히 하나하나 확인해 볼 수 있는 정도가 아니다.

적어도 야마모토의 전체 이름과 한자를 알면 범위를 좁힐 수 있을 텐데.

머리를 굴리는 와중에 문득 깨달았다.

애초에 '야마모토'는 본명인가?

흔할 것 같은 성을 적당히 말했을 뿐, 그마저도 가명이 아닐까.

생각하면 할수록 미궁에 빠진다.

그는 정말로 이전부터 나를 알았을까.

아니, 그렇지 않은 것 같다.

우연히 허물없이 이야기하다 보니 아는 사람이었던 것 같은 착각에 빠졌을 뿐이지, 사실은 아무 접점도 없는 두 사람이지 않았을까.

이렇게 생각하는 편이 더 납득이 된다.

그렇다면 어째서 야마모토는 지인인 척까지 하면서 나에게 접근한 건가.

나와 알고 지내면 무슨 이득이라도 있나?

아니, 스스로 말하기 슬프지만 나에게 접근해 봤자 얻을 수 있는 건 하나도 없으리라.

설마 믿음을 주고서 무언가를 팔아치울 작정이라거나…… 신종 사기는 아니겠지.

의심이 의심을 낳는 가운데 나는 휴대전화를 잡았다.

야마모토에게 만나자는 문자를 쓴다.

'내일 밤에 시간 있으면 다이료에서 한잔할래?'

조금 망설인 끝에 발신 버튼을 손가락으로 살짝 두드렸다.

언제나 그렇듯 답장은 바로 왔다.

'OK!'

내일 우리는 평소 늘 만나는 술집에서 만나기로 했다.

* * *

나는 가게 앞에서 녀석을 기다렸다. 얼마 지나지 않아 야마모토는 웃는 얼굴로 나타났다. 함께 가게 안으로 들어가 보니 평소보다 더욱 북적였다.

나는 생맥주가 테이블에 놓이자마자 본론으로 들어갔다.

"너, 사실은 내 동창 아니지?"

나는 더 이상 이름도 모르는 이 남자를 '야마모토'라고 부르는 것에 견디기 어려운 저항감을 느꼈다.

직구로 질문을 받은 야마모토는 적잖이 당황했다. 하지만 살짝 굳은 것처럼 보이던 표정은 다음 순간 사라지고 평소의 미소를 지었다. 그러더니 태연히 말한다.

"앗, 들켰네?"

오히려 허를 찔린 사람은 나였다.

"들켰다니, 너……."

말문이 막힌 나를 향해 야마모토는 아무렇지도 않게 말을 이었다.

"그게 말이지, 동창인 줄 알았는데 착각이었어."

조금도 움츠러들지 않고 미소마저 띤 그 모습에 나는 무심코 "뭐야, 그런 거였구나!"라고 납득해 버릴 뻔했다.

나는 허둥지둥 고개를 좌우로 크게 저었다.

"아니, 아니, 아니, 잠깐만. 무슨 말이야? 무슨 착각을 했냐고. 그보다, 대체 언제 알아챘어?"

"그렇게 한 번에 몰아서 묻지 않아도 되잖아."

동요하는 나와는 대조적으로 야마모토는 침착했다. 천천히 맥주를 마시면서 내 질문에 대답한다.

"있잖아, 누구였더라. 그 선생님. 으음…… 나카센?"

"……무라센?"

"아, 맞아, 그 선생님! 그 무라센!"

야마모토는 후유 하고 한숨을 쉬더니 다시 맥주를 마셨다.

나는 조급해지는 마음을 억누르지 못하고 대답을 재촉했다.

"선생님이 어쨌다고?"

야마모토는 맥주를 든 손을 멈추고 이야기를 이어 나갔다.

"무라센 선생님이 담임이었다고 했을 때, 아, 우리 담임은 그런 사람이 아니었는데 했지. 그보다 무라센이란 사람 자체를 모르겠는 거야."

"빠르기도 하다. 뭐야, 그 단계에서 알아챈 거야?"

나는 테이블 위에 푹 고꾸라지듯이 무너졌다.

"진짜야? 그럼 완전 초반이잖아."

야마모토는 얼굴색 하나 바꾸지 않고서 하하하 웃고 있다.

……하하하라니 무슨.

나는 조금 울컥해서 야마모토에게 바싹 다가갔다.

"왜 그때 바로 말해 주지 않은 거야? 왜 내 이야기에 말을 맞췄어. 물론 나는 내 이야기에 맞춰 주고 있다는 것조차 깨닫지 못했지만."

야마모토는 안주로 시킨 황금빛 건가자미를 하나 집어 들어 손으로 찢으면서 생글생글 웃었다.

"그거야 뭐, 내 수완이지."

그렇게 말하고 안주를 쥔 오른손으로 자신의 위팔을 탁탁 두드렸다.

"생각해 봐. 그렇게 멋대로 분위기를 띄어 놓고 사람을 잘못 봤다고 할 수는 없는 노릇이잖아? 말할 수 있어? 네가 반대 입장이라면 말이야."

말하지 못한다. 당연히 말할 수 없다.

대꾸할 말이 없어서 입을 다문 나에게 야마모토가 계속 이야기했다.

"생각하기에 따라 굉장한 일 아니냐? 전혀 모르는 사람끼리 우연히 만나서 이렇게 사이좋게 지내다니 말이야. 이거야말로 진짜 운명이지."

교묘하게 구워삶으려는 기색을 감지하고 나는 미력하나마 저항했다.

이렇게 쉽게 녀석 말대로 납득할까 보냐.

"처음부터 나를 속일 작정이었잖아?"

"속여?"

야마모토는 어리둥절한 얼굴로 나를 보았다.

"그렇지 않다면 어째서 내 동창인 야마모토인 척을 한 거야."

"그러니까 딱히 야마모토인 척하지 않았대도. 우연히 네 동창 중에 나랑 성이 같은 놈이 있었을 뿐이지. 서로 착각해 버렸을 뿐이야."

정말로 우연인가. 나는 어젯밤부터 품었던 의문점을 물었다.

"야마모토라는 성은 본명이야?"

"그럼, 본명이지."

"이름은 뭔데?"

"준."

"정말로?"

"왜 의심하는 거야. 증거를 보여 줘?"

야마모토는 엉덩이 밑에 깔고 있던 지갑을 꺼내 안에서 운전면허증을 꺼냈다.

"자."

그렇게 말하더니 면허증을 내 눈앞에 쑥 내밀었다.

나는 눈앞의 면허증과 야마모토의 얼굴을 번갈아 보았다. 그곳에는 틀림없이 야마모토와 똑같은 얼굴의 증명사진과 이름이 기재되어 있었다.

'이름 야마모토 준, 8월 18일,

주소: 도쿄······.'

"야마모토······ 준."

"맞지? 내가 말했잖아."

야마모토는 무척이나 만족스럽게 씩 웃더니 면허증을 지갑에 넣었다.

이름보다도 엄청나게 신경 쓰이는 항목이 있었다.

생년월일이············.

"너, 나보다 세 살이나 많잖아! 잘도 동창이라고 속였구나."

야마모토는 손뼉을 치며 호쾌하게 소리 내 웃었다.

"진짜로? 그럼 내가 상당히 젊어 보이는 모양이네. 아니면 네가 노안인가?"

그런 소리를 하면서 혼자 폭소하고 있다.

세 살이나 많아 보인다니. 이 녀석, 진짜 열 받는다.

게다가 결국 어물쩍 납득당해 버린 것 같아서 약간 분하다.

야마모토는 너무 웃어서 흐트러진 숨을 고르고 치약 광고 미소에서 부드러운 미소로 표정을 바꾸었다. 그러더니 조금 차분한 톤으로 천천히 이야기했다.

"우리는 우연히 만나서 우연히 친구가 됐어. 동창이니 아니니, 그런 자잘한 건 이제 아무래도 좋잖아. 내가 동창이 아니라서 너는 나를 친구라고 생각하지 않을 거야? 이제 만나고 싶지 않아?"

친구가 아니라니, 이제 만나고 싶지 않다니, 그렇게 생각할 리가 없다.

그 사실을 알면서 이런 질문을 하는 야마모토가 너무나 얄밉다.

어떻게든 반격하고 싶은 나는 머리를 열심히 굴려서 처음 만난 날을 떠올렸다. 그러자 한 가지 이상한 사실이 떠올랐다.

"야마모토, 처음 만났을 때 어떻게 내 이름을 알았어?"

야마모토의 표정이 순간 달라진 것 같았다.

"부른 적 없어. 줄곧 '너'라고 했지."

"그랬나? 분명히 한 번쯤 '아오야마'라고 부른 것 같은데."

"기분 탓이겠지. 명함 받았을 때까지 나는 네 이름을 몰랐으니까."

"그런가……."

"착각 아니야? 아오야마, 취했으니까."

나는 아직 납득이 가지 않은 표정으로 우물거렸다.

"그랬던가. 그 정도까지 취하지는 않았던 것 같은데……."

"그럼 다시 인사드립니다. 야마모토 준입니다."

야마모토가 갑자기 꾸벅하고 예의 바르게 인사했다.

"아오야마 다카시입니다……."

나도 하는 수 없이 살짝 인사했다.

"이걸로 서로 비밀은 없어졌으니 앞으로도 잘 부탁한다!"

야마모토가 씩 웃었다.

"나는 처음부터 비밀 따위 없었어!"

내가 부루퉁해서 말하자 야마모토는 더 재미나다는 듯이 소리 내서 하하 웃었다.

저 구김살 없이 웃는 얼굴을 보고 있으면 화난 기분도

어쩨 시들해지고 만다.

확실히 이것으로 야마모토의 비밀은 풀렸다. 그럼 이제 됐다 싶어졌다.

사람은 누구든 착각 정도는 하지.

다소 후련해진 나는 항상 시키는 임연수어와 두 잔째 맥주를 주문하고 기분이 좋아서 말했다.

"그럼, 앞으로 나를 다카시라고 불러도 돼. 친구들은 대부분 그렇게 부르니까."

"다카시. 좋았어."

야마모토가 씩 웃는다.

"나도 앞으로 야마모토를 준이라고 부를까."

한순간 정적이 흘렀다.

흔쾌히 예스라는 대답이 나올 줄 기대한 나는 뜻밖의 침묵에 나도 모르게 숨을 멈추었다. 심장 안쪽을 꽉 움켜쥔 것 같은 심정이었다.

아주 잠시였지만 야마모토가 여태껏 한 번도 보인 적 없는 괴로워하는 표정을 지은 것처럼 보였기 때문이다.

무슨 말실수라도 했나 싶어 초조했다.

"아, 싫으면 안 그래도……."

서둘러 에두르려는 내 말을 가로막고 야마모토가 말했다.

"야마모토로 익숙해졌는데 새삼 쑥스럽잖아."

그렇게 웃은 야마모토는 평소의 야마모토였다.

"그게 뭐야. 기분 나빠."

농담으로 응수한 나에게 야마모토는 무언가를 감추듯이 과장된 리액션으로 빠르게 말했다.

"뭐! 너야말로 뭐냐. '앞으로 준이라고 부를까'라니. 으, 닭살."

나도 허풍스럽게 화난 것처럼 말했다.

"흥, 알았어. 이제 절대로 평생 이름으로 안 불러!"

"하하하, 네가 화내는 모습 처음 봤어. 그렇게 성질 내지 마, 다카시."

"성질 안 냈거든. 야, 마, 모, 토!"

그렇게 말하고 우리는 웃었다.

나는 웃으면서도 야마모토가 엿보인 표정이 신경 쓰여 미칠 것 같았다. 아주 잠깐이었지만 머릿속에 그 표정이 들러붙어서 떨쳐지지 않았다.

고통스러운 듯한, 아픈 듯한, 무엇과도 견줄 수 없는 깊

디깊은 괴로움을 띤 눈동자.

　나는 그 눈동자 안에서 또렷하고 깊은 슬픔을 분명히
보았다.

10월 17일
월요일

월요일 아침에는 죽고 싶어진다, 이런 생각과도 슬슬 졸업해야 한다.

나는 달라진다. 이대로 수주 숫자를 늘려 언젠가 이가라시 선배와도 어깨를 나란히 하는 영업사원이 되겠다.

이번 고타니 제과는 그 첫걸음이 될 것이다.

만원 전철 안에서 짓눌리면서 나는 위쪽에 달린 광고를 바라보았다. 잡지 특집은 '올바른 이직술', '당신만의 천직 가이드'. 예전에는 이런 제목을 볼 때마다 집어 들었다. 그러나 실제로 읽은 적은 없었다. 잡지를 읽을 시간조차 없었다.

나는 그런 광고판을 곁눈질하며 이제 나와는 관계없는 일이라고 스스로에게 말했다.

"안녕하십니까!"

요즘 들어 두 번째로 출근하는 날이 이어진다. 사무실에는 오늘도 젠틀한 이가라시 선배가 있었다.

"여전히 컨디션이 최고로군."

이가라시 선배는 살짝 웃더니 사무실 한쪽에 놓인 인스턴트커피 병을 짚었다.

인스턴트커피는 공짜로 마실 수 있다. 월급에서 제반 비용으로 공제되니까 정확히 말하면 공짜가 아니지만.

"너도 마실래?"

나는 허둥지둥 선배 곁으로 달려갔다.

"아니에요, 제가 커피 준비하겠습니다."

선배는 상냥하게 "됐어, 이 정도야"라면서 포트에서 뜨거운 물을 부었다.

커피의 향긋한 향이 사무실 안에 퍼진다.

"감사합니다."

나는 송구해하며 종이컵을 받아들고, 오는 도중에 편

의점에서 산 빵을 하나 꺼냈다.

"괜찮으시면 이거 드세요."

"아침식사잖아?"

"두 개 샀으니 괜찮습니다."

하나는 애초에 이가라시 선배를 위해 산 것이다. 오늘도 선배는 일찍 출근했으리라는 내 예상은 보기 좋게 적중했다.

"고마워."

선배는 웃는 얼굴로 빵을 받아들더니 그 자리에서 봉지를 뜯고 입에 물었다.

나도 선배를 따라 빵을 입안에 잔뜩 넣었다. 달콤한 맛이 입안 가득 퍼지며 만원 전철에서 이미 지쳐 버린 뇌와 몸을 치유해 주었다.

사무실에는 아직 다른 누구도 없다. 나는 기회다 싶어서 선배에게 물었다.

"이가라시 선배는 어떻게 그렇게 주문을 따내세요?"

선배는 "으음" 하고 고민하더니 이렇게 말했다.

"항상 의식적으로 목표를 높게 세우려고 하지."

"의식적으로 목표를 높게 세운다……."

어쩐지 알 것 같기도 하지만 구체적으로 무엇을 어떻게 하면 목표를 높게 세울 수 있다는 건지 딱 와 닿지 않았다.

"너는? 어떻게 생각하지."

"저는……."

나는 잠시 머리를 굴리다가 최근에 생각하게 된 것을 솔직히 대답했다.

"저는 역시 물건을 파는 건 사람과 사람의 유대인 것 같아요. 그래서 조금이라도 상대에게 다가가려고 해요."

"제법 훌륭한 마음가짐이네."

이가라시 선배는 놀리듯이 말했다.

사건은 그날 오후에 터졌다.

점심시간에 평소처럼 라면집 앞에 줄을 서 있는데 휴대전화가 요란하게 울렸다.

화면에는 이가라시 선배의 번호가 떠 있었다.

"아오야마! 바로 돌아와! 고타니 제과의 노다 씨에게 클레임이 들어왔어."

나는 발길을 돌려 쏜살같이 회사로 달려갔다. 사무실

로 뛰어 들어가자 험악한 얼굴을 한 이가라시 선배가 기다리고 있었다.

"선배, 클레임이라니……."

나는 숨을 헐떡이면서 이가라시 선배에게 물었다.

"고타니 제과의 납품이 지정한 종이와 달랐던 모양이야. 노다 씨가 노발대발이야."

"그럴 리가……."

"너, 발주하기 전에 제대로 확인했어?"

"아차! 제대로……."

"아무튼 한시라도 빨리 정정판을 보내야 해. 납기는 내일모레까지다. 그 날짜를 넘기면 아웃이야."

"죄, 죄송합니다……. 제가 바로 노다 씨에게 연락해서……."

"먼저 인쇄 공장에 연락해. 납기를 늦으면 손쓸 방도가 없잖아."

"네, 네."

"노다 씨에게는 내가 사과해 둘게. 너는 어떻게든 무슨수를 쓰더라도 납기에 맞추도록 조율해."

"네!"

나는 전화로 달려들어 인쇄 공장에 연락했다. 수화기

를 쥔 손이 떨렸다.

제발 부탁이에요, 제발……. 보이지 않는 상대에게 방아깨비처럼 꾸벅거리면서 기도하는 심정으로 필사적으로 조율했다.

"제발 어떻게든 부탁 좀 드립니다!"

그러나 결과는 야속했다.

─ 모레까지 보내는 것은 물리적으로 불가능합니다. 다른 방법을 생각해 주십시오.

얼굴이 해쓱해졌다.

어쩌지. 어떻게든 해야 하는데.

"아오야마, 어떻게 됐어."

새하얘진 머릿속에 이가라시 선배의 목소리가 이상하게 들렸다.

"어쩌지……."

시간은 오후 1시를 가리켰다. 점심시간이 끝나고 사무실 사람들이 줄줄이 돌아온다.

때를 같이해 부장도 돌아왔다. 불온한 공기를 감지하

고 우리 쪽으로 걸어온다.

"어이, 무슨 일인가."

나는 고개를 숙인 채 아무 대답도 하지 못했다.

"무슨 일 있었어?"

부장이 더욱 가까이 다가온다.

머릿속에서 필사적으로 설명을 생각했다. 부장에게 대답해야 한다. 그러나 머리와는 딴판으로 내 입은 열릴 생각도 하지 않았다.

"어이, 아오야마!"

"사실은……."

보다 못한 이가라시 선배가 입을 열었다. 선배는 사태의 요점을 아주 간략하게 설명한다.

이야기가 진행되면서 부서 안이 쥐 죽은 듯 고요해진 가운데 시곗바늘 소리와 이가라시 선배의 목소리만이 울려 퍼졌다.

설명이 끝나자 굵직한 목소리가 들렸다.

"그래서 너는 여기서 뭐하고 있는 거야."

깜짝 놀라 고개를 들자 눈에 핏발을 세운 부장의 모습이 보였다. 분노로 얼굴이 굳어 있었다. 주위에서는 동료들이 숨을 삼킨 채 지켜보고 있다.

"너는 지금 여기서 뭘 하고 있느냐고! 이 자식아!"

부장이 내 책상을 있는 힘껏 걷어찼다.

어마어마한 소리가 울리고 옆자리 동료가 움찔하며 몸을 움츠렸다.

나는 목소리도 내지 못했다. 한심하게도 공포로 다리가 떨렸다.

"너 이 자식……."

입을 다문 나에게 부장이 성큼성큼 다가왔다.

때린다.

맞을 각오를 한 그때, 내 앞으로 이가라시 선배가 걸어왔다.

"부장님! 시간이 없으니 우선 아오야마를 데리고 그쪽에 가겠습니다."

"이가라시, 자네가 갈 필요는 없잖아!"

"직접 그쪽과 전화로 이야기한 사람은 접니다. 지금 상황을 가장 잘 알고 있습니다. 제가 책임지고 수습하겠습니다."

이가라시 선배는 "가자"라고 말하며 내 어깨를 두드리고 당당하게 사무실을 나갔다.

나는 자신의 한심함에 터질 것 같은 울음을 필사적으

로 참으며 이가라시 선배를 뒤따랐다.

* * *

새벽 1시가 넘어서야 집에 돌아왔다. 양복을 입은 채
침대에 쓰러진다.

내일은 아침 일찍 노다 씨를 만나러 가야 한다.

고타니 제과는 요금을 대폭 인하하는 조건으로 원래
발주와는 다른 종이를 그대로 써 주기로 했다. 물론 요금
을 인하하는 데는 부장의 승인이 필요하다. 나 혼자서는
교섭을 진행하지 못하고, 결국 이가라시 선배가 부장과
노다 씨 사이에 끼어 타협을 이끌어 냈다. 부장은 앞으로
의 거래 가능성을 기대하고, 상당히 과감한 금액을 최종
적으로 제시했다. 결국 노다 씨는 앞으로의 발주도 긍정
적으로 검토하겠다고 말해 주었다.

내일 다시 한 번 사과와 함께 새로운 발주 계약서를 가
지고 가야 한다.

내일은 첫차로 회사에 가자.

양복에 주름이 지기 전에 빨리 벗어야지.

그런데 몸이 생각대로 움직이지 않는다.

어째서 그런 실수를 저지른 건가. 발주서를 작성할 때 몇 번이고 확인했을 텐데.

그러나 분명히 내가 보낸 발주 확인서에는 잘못된 종이가 기재되어 있었다.

다시 한 번 봐야 했다.

백번을 후회해도 모자라다.

나는 간신히 몸을 일으켜 느릿느릿 양복을 벗었다. 양복을 힘없이 바닥에 던지고 옷장에서 실내복을 꺼내 입었다.

샤워할 기력도 없다. 내일 아침에 하자.

양치만 대충 하고 그대로 침대로 기어 들어갔다.

휴대전화 알람을 설정하자 '네 시간 3분 뒤로 설정되었습니다'라고 표시되었다.

네 시간은 잘 수 있다. 어서 자자.

잠을 자지 않으면 몸이 버티지 못한다.

눈을 감자 오늘따라 벽시계의 시곗바늘 소리가 크게 들렸다.

째깍째깍째깍째깍……

머릿속에서 메아리치는 그 소리가 사무실 정경을 떠오
르게 한다.

"얼른 자야지."

자신을 타이르듯이 중얼거렸다.

이불을 머리끝까지 끌어올린다.

"얼른 자야지."

수면 시간은 점점 줄어든다.

"자야지……."

주문처럼 되풀이한다.

그러나 마음과는 달리 잠들려고 할수록 귀가 예민해진
다. 벽시계 소리가 점점 커지는 듯한 착각마저 들었다.

째깍째깍째깍째깍째깍……

고요함 속에 울려 퍼지는 바늘 소리. 소리는 귀에서 몸
속으로 파고들어 종국에는 모세혈관 하나하나에까지 퍼
졌다. 손끝부터 발끝까지 마치 지네가 기어 다니는 듯한
선뜩함이 엄습했다.

"으아아악."

나는 괴성을 지르며, 뒤집어쓴 이불을 차냈다.

털썩 소리를 내며 이불이 침대에서 떨어졌다.

그대로 기세 좋게 일어나서 성큼성큼 방 입구까지 걸어가 불을 켠다.

눈부신 빛이 확 쏟아지는 바람에 나도 모르게 눈을 찡그렸다.

그대로 침대로 돌아가 이번에는 그 위에 섰다. 침대 옆 벽에 걸린 시계로 손을 뻗는다.

나는 망설임 없이 시계를 벽에서 떼어 내 바닥으로 내던졌다.

쿵 하는 둔탁한 소리가 방 안에 울려 퍼진다. 그 소리에 화들짝 정신을 차렸다.

어째서인지 마구 달리고 난 뒤처럼 거칠게 숨을 쉬고 있었다.

"진정해……."

나는 헉헉 가쁜 소리를 내는 호흡을 천천히 가라앉혔다.

바닥에는 건전지가 뒹굴고 바늘이 빠져 버린 무참한 벽시계가 보인다.

한동안 망연히 시계를 바라보았다.

볼에 차가운 물방울이 한 방울 흘렀다.

나는 어떻게 되어 버린 건가.

얼마 전까지 있던 자신감이 거짓말처럼 한순간에 무너졌다.

이 얼마나 보잘것없는 자신감이었나.

일이 좀 잘 풀린 정도로 무슨 자신감을 얻었다는 건가.

사회를 우습게 보던 학창 시절에서 조금도 성장하지 않았다.

역시 나는 뭘 해도 안 되는 건가.

나는 불을 켠 채 이불을 침대 위로 질질 끌어올리고 다시 한 번 그 안에 파고들었다.

그리고 소리 죽여 울었다.

* * *

이튿날부터는 말 그대로 지옥이 시작되었다.

노다 씨는 예상을 뒤엎고 내가 계속 담당하는 것을 받아들였지만, 부장이 그것을 허용할 리가 없었다.

반년 동안 얼굴을 마주해 온 노다 씨와는 아마도 다시 만날 일은 없을 것이다.

나는 고타니 제과의 담당에서 빠지고, 내가 거의 체결해 놓았던 이후의 큰 계약은 이가라시 선배가 이어받게 되었다.

예상한 대로 그 뒤로는 외근을 금지당했다.

"네가 가면 거래처에 피해가 가잖아! 바깥에 나가지 마!"

부장한테 부서에 있는 모두에게 들릴 만한 큰 소리로 몇 번이고 욕을 먹었다.

전표 정리와 잡일을 떠맡아 책상 앞에 앉아 있는 것만으로 "월급 도둑이 뭘 잘났다고 앉아 있는 거야! 손해가 난 만큼 네놈의 월급으로 깔 줄 알아, 이 자식아!"라고 야단을 맞았다.

조회 시간에는 "잘 들어. 실적을 올리지 못하는 놈은 쓰레기다! 회사에 손해를 입히는 놈 따위 살 가치도 없어! 설마 그런 쓰레기 이하의 놈이 이 부서에는 없겠지만"이라며 나를 보면서 큰 소리로 웃었다.

동료들도 관여하지 않으려는 듯 점점 나에게 말을 걸지 않았다.

그 자리에 있는데, 마치 존재하지 않는 것처럼.

이제 한계다.

나는 쓸모없는 인간이다.

살 가치가 없는 인간이다.

어째서 이런 놈이 사회에 나오려 했을까.

어째서 영업 일을 할 수 있을 거라고 착각했을까.

나는 학창 시절의 자신감에 넘치던 나 자신의 어리석음을 저주했다.

10월 22일
토요일

토요일 아침에는 가장 행복하다.

그렇게 노래하던 시절이 그립다.

지금은 행복을 느낄 수 있는 순간이 단 1초도 없다.

오늘이 무슨 요일이든 이제 관계없다.

점심시간에는 라면집에 가지 않는 대신 회사 옥상으로

올라간다. 높은 펜스로 둘러싸인 옥상은 하늘과 가까운

장소다.

나는 점심시간이 끝나 갈 즈음 늘 펜스 바깥으로 이어

지는 문으로 향한다. 문에 걸려 있는 자물쇠가 열려 있지 않은지 확인하기 위해서다. 자물쇠가 열려 있을 때가 분명히 '그때'다.

　나는 '그때'를 기다리고 있다.

　오늘일까, 내일일까. 빨리 '그때'가 오면 좋을 텐데.

　빨리 편해지고 싶다.

　그러나 자물쇠는 늘 단단히 잠겨 있다.

　나는 낙담한 채 사무실 쪽으로 돌아선다. 지옥문이 다시 열린다.

　내일은 일요일이다.

　딱 하나 확실한 것이 있다.

　내일 오후 6시 이후에는 절대로 텔레비전을 켜지 않을 것이다.

* * *

　오후 6시 반, 집으로 돌아가기 위해 역으로 향했다.

　개찰구를 지나가려 정기권을 꺼냈을 때, 느닷없이 뒤

에서 어깨를 붙잡혔다.

"다카시, 좀 너무하잖아."

돌아보니, 본명을 안 날 이후 한 번도 연락하지 않았던 남자가 그곳에 있었다.

"야마모토……."

"이러기야? 본명을 알자마자 문자도 전화도 무시하고 말이야. 매정한 것도 정도가 있지."

야마모토는 허풍스럽게 어깨를 붙이더니 내 어깨를 감싸고 방향을 휙 바꾸어 개찰구와는 반대 방향으로 걸었다.

"비밀이 있는 남자한테만 흥미가 가는 거야?"

어깨를 안은 채 이번에는 어째서인지 교태 섞인 말투로 묻는다.

"정말 나쁜 남자야."

술집 마담 같은 말투다.

나는 그동안 한마디도 하지 않고 야마모토가 하는 대로 따랐다. 하지만 지금은 야마모토와 즐겁게 술을 마실 정신 상태가 아니다.

"미안, 오늘은 좀."

나는 어깨에 얹은 야마모토의 팔을 치우고 도로 역으

로 걸어갔다.

"내일도 회사에 나가?"

야마모토가 내 옆에 딱 붙어 걸으며 물었다.

"아니."

나는 야마모토를 보지 않고 대답했다. 야마모토는 계속해서 물고 늘어진다.

"아침부터 데이트?"

"아니야."

"그럼 어머니가 갑자기 아프신가?"

나는 멈추어 서서 한숨을 푹 쉬었다.

"마시고 싶은 기분이 아닐 때도 있잖아."

그러자 야마모토는 씩 웃고 다시 내 어깨에 팔을 둘렀다.

"뭐야. 그러면 빨리 말하라고."

얼굴을 20센티미터쯤 가까이 대고 이렇게 말하더니 야마모토는 엄청난 힘으로 내 몸을 홱 돌려서 내가 당황하거나 말거나 억지로 걷게 했다.

전에도 이런 상황이 있었다.

어둑한 가게 안의 세련된 바에서 일인용 소파 같은 의자에 앉아 나는 생각했다. 평소 단골집인 다이료의 의자보다 훨씬 편했다. 눈앞에는 당연히 기분 좋게 소파에 몸을 맡긴 야마모토가 있다.

"이 가게라면 술을 마시지 않아도 느긋하게 있을 수 있겠지."

들떠서 이야기하는 야마모토를 보며 나는 그런 의미가 아니었노라고 마음속으로 투덜거렸다.

"일단 생맥? 아, 아니지. 커피 마실래? 주스도 있어! 음, 이게 뭐지…… 망고 스플릿…… 탄산음료인가?"

메뉴판을 보면서 질문인지 혼잣말인지 도통 알 수 없는 소리를 중얼거린다.

정말이지 자기중심적인 녀석이다.

"……커피면 돼."

"커피 종류가 잔뜩 있어! 봐, 카페라테라든가 카페오레라든가…… 카페라테와 카페오레는 어떻게 다르지? 알아?"

"……몰라."

나는 지나치게 자기중심적인 야마모토의 모습에 조금 질렸다.

"식사도 할 거지? 배가 고프면 싸울 수 없다고! 우왓, 파스타 맛있겠다. 아, 피자도…… 고민되네."

이 남자는 왜 늘 이렇게 들떠 있을까.

그러고 보니 아르바이트를 전전한다고 했는데 인생에 고민거리가 없는 건가?

나는 진심으로 야마모토가 신기했다.

"이봐, 이봐, 뭐 먹을래?"

야마모토는 여전히 메뉴판에 푹 빠져 있었다.

"뭐든 괜찮아. 적당히 주문해."

"진짜로? 그럼 피자랑 파스타 주문해서 나눠 먹자! 앗, 감자튀김도 먹어도 돼?"

여자애냐.

뭐가 서글퍼서 남자 둘이 멋들어진 바에서 파스타를 나눠 먹어야 하는 건가.

사람은 기막힌 것이 지나치면 우스워진다.

내가 혼자서 후후 웃자 야마모토가 흠칫 놀란 표정으로 이쪽을 바라보았다.

야마모토가 머뭇머뭇 묻는다.

"뭐야, 뭐야. 왜 그래?"

혹시 기분 나쁜 건가? 내가 그렇게 정떨어지는 얼굴을 하고 있나.

"아냐. 빨리 주문해."

"으, 응. 피자, 종류는 아무거나 괜찮아?"

내 표정에 주춤하는 야마모토를 무시하고 나는 "이거!"라고 마르게리타 피자를 가리켰다.

잠시 뒤 나온 접시에서 넘칠 듯한 감자튀김을 보고 야마모토는 무척 기뻐하며 환호성을 질렀다.

두 가지 색 소스가 곁들여진 감자튀김을 먹으면서 야마모토는 손과 입을 교차로 움직이며 떠들었다. 평소에도 우리 대화의 60~70퍼센트는 야마모토가 혼자 떠드는 거지만 오늘은 95 퍼센트가 야마모토 이야기였다.

접시에 듬뿍 담겨 있던 감자튀김을 절반쯤 먹었을 때, 야마모토는 "맥주도 마실까" 하고 말을 꺼냈다. 감자튀김에 피자면 자연히 맥주가 마시고 싶어지겠다고 생각한 나는 "나 신경 쓰지 말고 주문하고 싶은 대로 주문해"라고 권했다.

야마모토는 내가 마시지 않는 것을 아쉬워하는 듯했지만 결국 생맥주를 주문하고 무척 맛있게 마셨다.

"왜 오늘은 안 마셔?"

야마모토는 김이 피어오르는 꽂게 토마토크림파스타를 두 그릇에 나눠 담으며 물었다.

"응…… 지금은 마시면 안 될 것 같아."

"금주 중이야? 목표라도 정한 거야?"

"목표라……. 그럴걸 그랬네."

야마모토는 조금 의아한 표정으로, 깨끗하게 나눈 파스타 한 접시를 내 쪽으로 건넸다.

나는 한동안 말없이 파스타를 먹었다.

솔직히 술을 마시기가 무섭다. 벽시계를 부수는 정도가 아니라 무슨 터무니없는 짓을 저질러 버리지 않을까 염려되기 때문이다. 나만의 문제라면 괜찮지만, 관계도 없는 사람에게 폐를 끼치는 것은 피하고 싶었다.

"야."

묵묵히 식사에 집중하던 야마모토가 갑자기 입을 열었다.

"다카시, 회사를 옮기는 건 어때?"

'휴대전화 바꿀래?' 같은 가벼운 말투에 나는 당황했다.

아직 야마모토에게는 직장에서 일어난 일을 아무것도 털어놓지 않았다. 이야기를 꺼내면 무언가 터져 버릴 것 같아서 말할 수 없었고, 이야기할 마음도 없었다.

나는 속마음을 들키지 않으려고 평정을 가장하며 물었다.

"왜 갑자기 그런 소리를 해."

"아니, 그냥. 일이 즐거워 보이지 않더라고."

나는 입을 다물었다.

그렇다. 즐겁지 않은 정도가 아니다.

한동안 입을 다물고 있다가 결심을 내리고 이야기를 꺼냈다.

"야마모토, 너 말이야, 사자에 씨 증후군이라고 알아?"

야마모토는 파스타를 입안 가득 넣고 물었다.

"그게 뭐야?"

나는 대학 시절 아케미에게 들은 다치바나 선배 얘기를 담담하게 말했다.

"나는 아무것도 몰랐어. 사회의 냉엄함도 괴로움도. 하지만 지금이라면 다치바나 선배의 심정을 뼈아프게 이해해. 그 뒤에 선배가 어떻게 되었는지는 모르지만."

야마모토는 조용히 내 이야기를 듣고 나서 웬일로 진

지한 표정으로 물었다.

"다카시, 무슨 일이 있었어?"

나는 질문에 대답하기 전에 점원을 불러 생맥주 두 잔을 주문했다. 야마모토의 잔은 비어 있었다.

맥주 두 잔이 나오고 야마모토와 나는 누가 먼저랄 것도 없이 잔을 가볍게 부딪치고, 그대로 꿀꺽꿀꺽 맥주를 마셨다.

잔을 반 이상 비우고 푸하 숨을 토해 낸 나는 일단 잔을 내려놓았다.

그러고 나서 자세를 바로잡고 야마모토와 만나지 않은 동안에 있었던 일을 털어놓았다. 내가 이야기하는 동안에 야마모토는 전혀 끼어들지 않고 진지한 표정으로 묵묵히 들어 주었다.

이야기를 마치자 야마모토는 슬픈 듯이 눈을 찡그리고 물었다.

"다카시, 잠은 제대로 잤어?"

"응…… 그냥저냥. 가끔 잠들기 힘들 때도 있지만, 생각보다 잘 자."

"밥은? 점심은 잘 챙겨 먹어?"

"응. 밥은 옥상에서……."

말을 하다 허둥지둥 입을 다물었다.

"옥상에서?"

야마모토는 미심쩍은 표정으로 물었다.

"아니, 아무것도 아냐. 괜찮아, 잘 먹어."

아무리 그래도 날마다 옥상에 간다는 얘기는 차마 못하겠다.

옥상에서 펜스의 문을 지키고 있는 자물쇠를 확인하는 행동을 마음속으로 꺼림칙하게 생각했는지도 모른다.

야마모토는 더 이상 끈질기게 묻지 않았다.

대신에 "한잔 더 할래?"라고 묻더니 맥주를 또 주문했다.

맥주가 나오기를 기다렸다가 야마모토는 천천히 말을 꺼냈다.

"왜 그런 말까지 들으면서 직장을 그만두지 않아?"

"그런 말을 들을 만큼 폐를 끼친 건 사실이고…… 그렇게 간단히 그만둘 수 없어."

"아니, 이상한데? 신입사원이 실수했다고 그렇게까지 몰아대다니 일반적이지 않아."

"일반적인 신입사원이라면 더 잘해. 내가 극단적으로

일을 못하니까 문제인 거야."

"애당초 그거 진짜로 네 실수야?"

"실제로 그러니까."

"전날 확인했지? 그때 분명히 주문받은 대로 전표를 작성했지?"

"확인한 줄 알았는데…… 결국 틀렸잖아."

"발주하기 직전에도 확인했어?"

"그랬다면 이렇게 되지 않았겠지. 결국 마무리가 어설펐어, 나는."

"아니, 이상해. 전날 컴퓨터로 확인했을 때는 맞았는데 실제로 발주하니 틀렸다니."

"그렇지만…… 실제로 그렇댔도."

"그거 진짜로 절대로 네 실수야?"

"무슨 뜻이야?"

"다카시 말고 다른 사람은 그 내용을 바꿀 수 없어?"

"바꾸지 못할 거야 없지만…… 누가 그런 짓을 한다고."

"그렇게 해서 이득을 본 사람 없어?"

"그건…….."

대답하면서 생각해 보았다. 특별히 아무도 떠오르지

않는다.

"딱히 없을걸."

"그래……."

야마모토는 실수가 내 탓이 아니라고 어떻게든 격려해 주려는 모양이었다. 하지만 자신의 책임인 것은 자신이 가장 잘 안다.

"이제는 괜찮아. 걱정 끼쳐서 미안하다. 들어 줘서 고마워."

야마모토는 미간을 찌푸리고 생각에 잠겨 있더니, 격려하는 것은 무리라고 생각했는지 다시 한 번 나에게 이직하라고 충고했다.

그러나 내 문제는 그게 아니다.

설령 전직한다고 해도 나는 사회에서 활약할 수 있는 인간이 아니고, 애초에 이런 쓸모없는 남자를 고용해 줄 새로운 회사를 구하지 못할 것이다.

사회의 쓰레기일 뿐인 나를 허락해 주는 이 장소에 계속 있을 수밖에 없다.

언젠가 그 자물쇠가 열리기를 꿈꾸며.

* * *

오랜만에 맥주를 마셔도 걱정한 나쁜 일은 일어나지 않았다.

당연히 좋은 변화 역시 조금도 나타나지 않은 탓에 나는 여전히 지옥 같은 나날을 보냈다. 딱 한 가지 변한 것이라고 한다면 야마모토가 스토커처럼 퇴근하는 나를 기다리게 되었다.

이전에는 일주일에 한 번, 많아도 두 번 만나는 정도였는데, 요새는 2, 3일에 한 번씩 야마모토가 내 앞에 나타난다.

뒤에서 어깨를 두드리고는 그대로 카페며 술집, 꼬치집 등 분위기를 바꾸어 가며 온갖 가게에 끌고 간다. 나는 용케도 이렇게 여러 가게를 아는구나, 감탄했다. 나중에는 맛집 리포트라도 쓰기 시작한 건가 의심스러울 지경이었다.

그리고 만날 때마다 반드시 야마모토식 '이직 추천'을 했다. 이번으로 4회째인 야마모토의 '이직 추천' 강좌는 회를 거듭할수록 열기를 띠었다.

오늘의 주제는 내가 좋아하는 축구인 모양이다.

"나는 굳이 일하지 말라고 하는 소리가 아니야. 축구
리그에서 생각해 봐. 선수는 더 좋은 팀을 찾아 이적하
지? 때로는 순위가 밑인 팀으로 가기도 하겠지. 하지만
순위는 매번 바뀌는 거야. 그곳에서 활약해서 팀과 함께
위로 끌고 가는 선수도 있어."

솔직히 나는 늘 반쯤 흘려들었다. 지금의 나에게는 이
직할 기력이나 용기는커녕 스스로에 대한 자신감이 손톱
만큼도 남아 있지 않았기 때문이다.

야마모토는 여전히 열변을 토했다.

"비슷한 순위의 팀이라도 전혀 점수를 내지 못한 선수
가 팀을 옮기자마자 대활약을 펼치는 경우도 있잖아. 그
팀이 선수에게 잘 맞았기 때문이야. 다르게 말하면 이전
팀이 그 선수와는 맞지 않았던 거지. 사람과 마찬가지로
직장에도 궁합이 있어. 이직하려면 분명 위험도 따르
지만, 현재 상황을 바꾸기 어렵다면 이직도 효과 있는 방법
이야."

그건 그렇고 야마모토가 어째서 이렇게나 이직을 권하는지 의문이다.

야멸치게 말하면 아무리 친구라지만 이렇게까지 남의 인생에 깊이 관여하는 이유를 모르겠다. 게다가 오늘 야마모토는 평소보다 더욱 기합이 들어갔다.

힘주어 설명하는 야마모토를 향해 평소에는 흘려듣는 나도 조금 반론하기로 했다.

"너 말이야, 요즘 우리나라에서는 그렇게 바로 직장을 그만두기는 무리야."

"왜? 사표를 내면 그만이지."

"간단히 말하지 마."

"간단한 일이잖아."

나는 '간단하다'는 그 말에 열이 확 받아서 나도 모르게 말투가 거칠어졌다.

"야! 니트족인 너는 모를 수도 있지만, 요즘 세상에 정사원으로 취직하기란 하늘의 별 따기야!"

"애초에 왜 정사원을 고집해? 정사원이 아니면 어떻게 되는데?"

나는 말문이 막혔지만 대꾸했다.

"그야…… 연금이나 건강보험…… 뭐, 이것저것 이유가 있잖아."

"아니, '요즘 세상에' 그 회사가 평생 굳건할 거라는 보장도 없는데?"

야마모토는 일부러 내가 한 말을 따라 하며 따졌다.

"그런 소리를 해도 현실은 어쩔 수 없어. 남자니까 장래에 결혼이나 가족 부양 같은 걸 생각하면 확실히 정사원이 나아."

"여자친구도 없잖아. 그렇게 일하면서 누구 만날 시간이나 있겠어? 데이트할 시간 있어? 결혼 얘기까지 할 수나 있겠어?"

"그건! 사귀면 어떻게든 돼……."

아픈 곳을 찔려서 마지막 말은 목소리가 작아지고 말았다.

자랑은 아니지만 지금까지 인생에서 여자에게 인기 있던 적이 없다. 그렇기에 직함은 중요한 무기가 되지 않나. 뭐, 지금의 직함이 무기가 될 것 같지는 않지만, 백수보다는 낫잖아!

그렇게 주장하고 싶었지만 스스로도 너무나 초라한 이

유라고 생각해서 말하기를 포기했다.

"……아무튼 일을 그만두는 건 그렇게 간단한 일이 아니야."

"그럼 어떤 것보다는 간단한데?"

"무슨 말이야?"

"다카시에게 직장을 그만두는 것과 비교하면 어떤 게 간단해?"

"어떤 게……."

나는 야마모토가 하는 말의 뜻을 이해하지 못하고 머뭇거렸다.

야마모토는 지금까지 보인 적 없는 냉엄한 표정을 짓고 있었다. 그리고 올곧은 눈빛으로 나를 응시한 채 똑부러지게 말했다.

"너한테 직장을 그만두는 것과 죽는 것 중에 어느 쪽이 간단해?"

심장이 쿵쾅거린다.

"아니, 너무 비약이 심하잖아. 누가 죽는다고 했어?"

어색하기 짝이 없는 미소를 지은 나와는 대조적으로 야마모토의 표정은 진지함 그 자체였다.

"죽으려고 했지."

"뭐? 안 했어."

"했어. 처음 만난 날."

심장 박동이 점점 빨라졌다. 야마모토는 담담한 말투로 계속 이야기했다.

"역에서, 승강장에서 떨어지려고 했어."

나는 야마모토를 만났을 때 상황을 머릿속에 떠올렸다.

"그건! 어쩌다 균형을 잃었을 뿐이지……. 그래, 네가 갑자기 나타나서 깜짝 놀랐잖아."

"아니야. 그 전부터 계속 그랬어."

나는 작게 숨을 삼켰다.

"그 전부터 계속 휘청거렸어. 내가 잡지 않았다면 그대로 떨어졌겠지."

"……네 착각이야."

야마모토는 말없이 나를 응시했다.

"정말이야. 나는 그럴 마음 없었어."

야마모토의 눈은 무척이나 슬퍼 보였다. 그 투명한 눈이 모든 것을 꿰뚫어 보는 듯해서 나는 참고 있을 수가 없었다.

야마모토는 나를 바라보며 천천히, 그러나 힘 있게 말

했다.

"네게 그럴 마음이 없었다 해도 승강장 끝에서 눈을 감고 휘청거리고 있으면 선로로 떨어져."

부드러운 주황빛 등 탓인지도 모르지만 나에게는 야마모토의 눈이 글썽이는 것처럼 보였다.

나는 더 이상 부정하지 않았다. 아니, 할 수 없었던 것인가.

부정하는 대신 야마모토에게 물었다.

"저기, 승강장에서 나를, 그러니까, 도와준 건 우연이었어?"

야마모토는 입가에 살포시 미소를 지으며 말했다.

"개찰구에서 보고 뒤쫓았어."

"왜?"

야마모토는 슬픈 눈을 한 채 어렴풋이 미소 지었다.

"걱정됐으니까. ……죽어 버릴 것 같아서."

"어째서 그렇게 생각했지?"

야마모토는 눈을 잠깐 감고 작게 숨을 들이쉬더니 후우 하고 토해 냈다. 그러고 나서 다시 시선을 들고 나를 상냥하게 바라보며 말했다.

"그날의 너와 똑같은 표정을 한 녀석을 아니까."

그래서 그 녀석은 어떻게 됐어?

나는 묻지 못했다.
우리 주위에는 그저 고요한 시간만 흘렀다.

11월 6일
일요일

　어느새 낮에도 바람이 제법 차가워졌다. 눈 깜짝할 사이에 겨울이 올 것이다. 그리고 곧 내년이 된다.

　아무 일도 없었던 것처럼 또 1년이 지난다.

　나는 조금씩 이전과 다름없는 생활을 되찾고 있다고 느꼈다. 여전히 일은 힘들지만, 더 이상 스스로는 어쩌지 못한다는 것을 깨달았다.

　옥상에 올라간들 자물쇠가 열리지 않을 것도 안다.

　어째서 이렇게 되었을까.

　그저 아주 잠시나 자신도 '무언가' 할 수 있지 않을까 꿈을 꾸고 말았다.

그 꿈이 끝나고 아무것도 변하지 않은 하루하루로 돌아왔을 뿐이다. 앞으로도 오로지 낡은 비디오테이프만 되감는다.

뭐, 앞으로 몇 십 년만 참으면 된다.

조금씩 외근도 가게 되었다.

편의점에 들르니 고타니 제과의 초콜릿이 늘어서 있었다. 그것을 보아도 이제 달리 생각할 것은 없었다.

괜찮다. 이대로 해 나갈 수 있다.

이가라시 선배는 그 뒤로도 나를 염려하며 마음을 써 주고 있다.

괜찮다. 이전과 아무것도 달라지지 않았다.

오늘은 일요일이다.

괜찮다. 분명히 조금은 행복한 날일 것이다.

나는 휴대전화를 들었다. 잠시 망설인 끝에 야마모토에게 문자를 보냈다.

'오늘 쇼핑하러 안 갈래? 겨울 셔츠가 필요한데 뭐가 좋은지 봐 줘.'

보낸 문자를 다시 보니 꼭 여자 친구에게 보내는 내용

같아 쓴웃음을 지었다.

평소대로 답장이 바로 왔다. 그러나 내용은 평소와 달랐다.

'미안! 오늘은 볼일이 좀 있어. 진짜 미안. 다음에 보자!'

나는 그 내용에 놀라는 나 자신에게 놀랐다.

야마모토에게도 사생활이 있건만, 와 주는 것을 당연하게 여겼다. 뻔뻔하기 짝이 없다.

늘 구애받지 않고 선뜻 와 주기에 당연히 혼자라고 생각했지만, 어쩌면 애인도 있을지 모른다. 먹고살기 위해 아르바이트도 하고 있으리라.

새삼스럽지만 나는 야마모토를 너무나 모르고 있다.

시내에 나와 필요한 쇼핑을 일찌감치 마쳤다. 예전에 야마모토가 알려 준 가게에서 겨울까지 입을 만한 두꺼운 셔츠를 한 장 샀을 뿐이다. 그러고 나서는 특별히 할 일도 없어서 기분 전환으로 시내를 돌아다녀 볼까 하고 아이쇼핑을 시작했다.

쇼윈도 안에는 벌써 겨울 준비가 시작되었다.

조금 더 있으면 성마른 거리는 다채로운 빨간색과 녹색의 크리스마스 컬러로 물들 것이다.

또 허무한 계절이 찾아오는구나⋯⋯. 그때까지 애인이라도 생기면 좋겠지만 무리겠지. 혹시 크리스마스도 야마모토와 보내게 되려나.

그러고 보니 지난번 야마모토를 만나고 나서 야마모토가 퇴근길에 기다리는 일이 없어졌다. 아무래도 스토커 기간은 종료한 모양이다.

이제 내가 어느 정도 괜찮다고 생각한 것일까.

아니면⋯⋯.

야마모토가 보인 슬픈 눈동자를 떠올렸다.

내가 야마모토에게 상처를 주고 만 것일까.

나와 똑같은 표정을 한 녀석, 죽을 것 같은 얼굴을 한 그 녀석은 누구일까.

언젠가 야마모토가 나에게 그 사실을 가르쳐 줄 날은 올까.

시내를 돌아다니기도 금세 질려 역 앞까지 돌아왔다.

역 앞에는 커다란 버스 터미널이 있고, 많은 사람이 오 갔다.

작은 아이를 데리고 가는 엄마, 바보처럼 웃어 대는 여고생들, 행복해 보이는 커플. 그곳에 있는 나 외의 모든 사람이 인생을 즐기는 것처럼 보였다.

무의식중에 한숨을 폭 쉬었다.

"돌아가자."

들을 사람도 없는데 중얼거리고는 걸음을 재촉했다. 역으로 향하던 시선 끝에 익숙한 모습이 보였다.

"야마모토……?"

야마모토는 늘 나에게 보여 준 것과는 전혀 다른 표정으로 생각에 잠긴 듯이 눈살을 찡그리고 걷고 있었다. 그저 자신의 발치만 바라보는 야마모토의 눈동자 속에는 아무것도 비치고 있지 않은 것 같았다.

나는 무심코 뒤를 쫓았다.

일정한 거리를 유지하고 따라가는 나를 야마모토는 전혀 알아채지 못했다.

야마모토는 고개를 숙인 채 잰걸음으로 걸었다. 그러다 맞은편에서 오던, 수다 떠는 데 여념이 없는 여고생들과 부딪칠 뻔하고, 당황하며 피했다.

순간, 야마모토는 옷가게 쇼윈도에 부딪혔다. 야마모토의 표정이 확 변했다.

흠칫 놀라 눈을 부릅뜨고 쇼윈도 안을 응시하더니 굳은 것처럼 움직임을 멈추었다.

그 표정은 놀랄 만큼 창백했다. 겁을 먹은 것 같기도 했다.

바로 달려가 괜찮으냐고 묻고 싶었다. 하지만 모르는 사람 같은 야마모토의 표정이 나를 망설이게 했다.

야마모토는 그대로 곧장 버스 터미널로 걸어가더니 멈추어 섰다.

때마침 버스 한 대가 터미널로 들어왔다. 야마모토는 마치 그 자리에서 도망치듯이 버스를 타고 가 버렸다.

나는 버스가 멀리 떠난 것을 확인하고 나서 터미널에 다가갔다.

노선도를 보니 주택가를 지나고, 대학을 지나고, 그 너머의 유명한 공동묘지로 향하게 되어 있었다.

대체 어디로 간 것일까.

역으로 돌아오는 길에 야마모토가 부딪힌 쇼윈도 안을

들여다보았다.

어디에나 있는, 젊은이들이 찾을 만한 옷집으로 지극히 평범한 마네킹 여러 개가 놓여 있다.

혹시 마네킹에 놀랐나.

그냥 봐서는 짐작이 안 되지만 달리 놀랄 만한 것은 전혀 없다.

야마모토가 이따금 보이는 슬픈 기색.

평소의 웃는 얼굴과 너무나 대조적이라 내 머릿속에 깊이 박힌다.

대체 어느 얼굴이 진짜 야마모토일까.

집으로 돌아가는 전철 안에서 나는 줄곧 야마모토라는 인물을 생각했다.

야마모토는 그렇게 계속 떠들면서도 자기 얘기는 거의 하지 않는다.

내가 아는 야마모토의 정보는 이름과 생년월일. 그리고 아르바이트를 전전한다는 것뿐이다. 너무 적다.

애초에 동창이라고 속이면서까지 나를 신경 써 준 이유도 아직 모르는 상태다.

집에 돌아온 나는 침대 위에서 노트북을 켰다.

인터넷 검색창에 '야마모토 준', '블로그'라고 쳤다. 이전에 별생각 없이 페이스북을 하느냐고 물었을 때 야마모토는 하지 않는다고 했다. 하지만 어쩌면 뭔가 걸릴지도 모른다.

짐작대로 블로그 몇 개가 검색되었다. 대부분 '야마모토 준'이라는 신인 여배우와 관련된 글이었다. 나는 그제야 '야마모토 준'이라는 배우가 있다는 사실을 알았다.

계속 검색하자 그중 유일하게 연예인과 관계없는 블로그가 있었다.

야마모토 또래인 일반인 여자의 블로그로, 블로그 주인의 이름은 '미이'라고 되어 있다.

미이의 블로그 내용 중에 '오늘은 야마모토 준의 기일이었다'라는 문장이 있었다. 그 문장이 검색에 걸린 모양이다.

자세한 내용을 읽어 보고 야마모토 준이 3년 전에 스스로 목숨을 끊었다는 사실을 알았다.

동명이인인가. 아직 젊을 텐데.

남의 일처럼 '가엾다'고 생각하며 포스팅을 읽어 내려

가니 마지막에 '잊지 못할 거야'라는 제목으로 사진이 링크되어 있었다.

나는 별생각 없이 링크를 열어 보았다.

그리고 소리 질렀다.

"우와아아아아아!"

침대에서 굴러떨어지듯이 노트북 앞에서 떨어졌다.

사진 속에서 '미이'인 듯한 여성과 함께 브이를 그리고 있는 사람은 틀림없이 내가 아는 '야마모토'였다.

나는 움찔거리면서도 노트북을 끌어당겨 사진을 똑똑히 보았다.

틀림없다. 야마모토다.

어떻게 된 거지.

이 블로그에는 야마모토가 3년 전에 죽은 것으로 적혀 있다.

"도대체 뭐야."

머릿속이 뒤죽박죽이어서 아무런 생각도 떠오르지 않았다.

무슨 의미로 이런 글을 올린 거야.

질 나쁜 장난인가?

그러나 죽은 '야마모토 준'에게 조의를 표하는 내용이라 결코 악의적인 장난으로는 여겨지지 않았다.

나는 그 페이지를 즐겨찾기에 등록하고 다시 '야마모토 준'을 검색해 보았다. 이번에는 '자살'이라는 단어도 추가했다.

내 예상을 훨씬 뛰어넘는 많은 기사가 검색되었다. 그 중에서 가장 위에 올라온 기사를 열어 보았다.

내용은 충격적이었다.

……년 8월 6일 새벽, 미야타 푸드 컴퍼니 사원 야마모토 준 씨(22세)가 회사 앞에서 사망한 채로 발견되었다. 경찰은 13층 건물인 미야타 푸드 컴퍼니 빌딩 옥상에서 투신자살한 것으로 보고 있다. 야마모토 씨는 정신적으로 불안정했으며 주위에서는 우울증을 앓았다고 지적했다. 회사 측은 자살과 업무의 상관성을 부정하고 책임이 없다고 주장하며…….

그 기사를 닫고 다른 기사를 클릭했다. 위에서부터 차 례차례 닥치는 대로 기사를 읽었다.

정신을 차려 보니 몇 시간이 지나 있었다. 그중에는 얼 굴이 나온 사진까지 첨부된 기사도 있었다. 증명사진으 로 보이는 그것은 틀림없이 '야마모토'와 똑같은 얼굴이 었다.

나는 노트북을 쾅 닫았다. 그러고는 한동안 얼이 나가 있었다.

인터넷에서는 죽은 것으로 되어 있는 야마모토가 내 앞에 나타났다.

그건 설마……

그때 휴대전화가 드르르륵 진동했다. 벌떡 일어나 바 지 주머니에서 휴대전화를 꺼냈다.

"으악……."

액정화면에 표시된 글자를 보고 나는 괴성을 지르며 휴대전화를 침대 위로 내던졌다.

손이 부들부들 떨렸다.

침대 위에서 계속 진동하는 휴대전화 액정화면에는 '야마모토'라는 글씨가 있었다. 나도 모르게 두리번두리

번 주변을 둘러보았다.

어딘가에서 나를 보고 있지는 않을까.

계속 진동하는 휴대전화를 잡지도 못하고 그저 빤히 바라보았다.

식은땀이 이마에서 흘러 떨어진다.

잠시 뒤 휴대전화가 진동을 멈추더니 이번에는 문자가 왔다. 머뭇머뭇 휴대전화를 잡고 문자함을 열었다.

"히익."

그곳에는 또다시 '야마모토'라는 글자가 떠 있었다. 문자 내용은…….

'오늘 미안. 다음에 너희 집에 가도 돼?'

온몸의 모공에서 식은땀이 났다.

"안 돼!"

새된 소리로 외치고 나는 집의 모든 잠금장치를 확인한 다음, 머리까지 이불을 뒤집어썼다. 웅크린 몸이 부들부들 떨렸다.

……잠깐만. 이상하지 않은가.

야마모토는 먹성 좋게 밥을 먹었다.

나한테만 보인 환영인가?

아니, 그렇지 않다. 그 녀석은 태연히 점원과도 말을 주고받았다.

계산대에서 돈도 냈다.

야마모토가 유령이라면 나는 몇 번이고 무전취식을 저지른 것이다.

만약 모두 세뇌당해서…….

아니, 아니, 아니, 아니다…….

나는 이불 속에서 고개를 획획 내저었다.

떠올리면 분명히 신기한 일도 몇 가지 있다.

역시 그 녀석은 처음 만났을 때부터 내 이름을 알고 있었다.

착각이 아니다.

덕분에 동창이라고 믿고 말았다.

아무리 생각해도 나는 야마모토에게 명함을 건네기 전까지 한 번도 자기소개를 하지 않았다. 하지만 녀석은 나를 '아오야마'라고 불렀다.

분명히 불렀다. 어떻게 그랬지?

게다가 운전면허증.

진짜가 틀림없어 보였다.

이름은 '야마모토 준'이라고 되어 있었고 증명사진도 본인과 똑같았다.

만약 운전면허증이 위조라면 어엿한 범죄 아닌가.

그렇다면 역시…….

유령?

누구에게나 모습이 보이고 밥을 먹는 유령도 내가 모를 뿐이지 존재하는 건가?

자살할 뻔한 내가 걱정되어 나와 준 것인가?

"그럴 리가 없잖아!"

나는 소리 내서 생각을 지웠다. 다들 야마모토의 존재가 보인다. 하지만 인터넷에서 '야마모토 준'은 자살한 것으로 되어 있다. 뉴스에서도 분명하게 다루어졌다.

"어떻게 된 거야……."

역시 그 녀석은 유령일까.

그렇게 생각할 수밖에 없지 않은가.

그 녀석은 내가 걱정되었다고 했다.

처음 만난 날 내 뒤를 쫓은 까닭은 내가 죽을 것 같았기 때문이다.

'그날 너와 똑같은 표정을 한 녀석을 아니까.'

혹시 야마모토 본인을 뜻하는 말이었을까.
야마모토는 내 자살을 막기 위해 나타났다.
그렇다면 야마모토는 죽어 버린 것을 후회하나⋯⋯?
그런 말도 안 되는 일이 일어날 수 있을까.
머릿속에서 생각이 쳇바퀴를 돌린다.
안 돼. 도저히 잠이 올 것 같지 않다.
이불 밖으로 나오자 커튼 틈으로 희미한 빛이 새어 들어오고 있었다.
날이 밝기 시작했다. 또 긴 한 주가 시작되었다.

오늘 컨디션은 최악이다. 아니, 이제 언제든 최악인가.
생각하지 않으려고 아무리 애써도 야마모토가 머릿속을 스친다.
지금까지 주고받은 문자를 다시 보기도 하고 인터넷 뉴스를 다시 읽어 보기도 했다.

하지만 무엇을 어떻게 생각해도 하나도 모르겠다.

업무에 더해 야마모토의 유령 의혹까지.

정말 머리가 터질 것 같다.

한숨도 자지 못한 나는 평소보다 꽤 일찍 집을 나서 회사 근처 카페에서 모닝세트를 샀다.

당연히 사무실에 제일 처음으로 도착했다.

조기 출근 수당 따위 당연히 없으므로 개의치 않고 출퇴근카드를 꽂은 뒤 컴퓨터 전원을 켰다. 다른 일에 몰두하면 생각을 딴 데로 돌릴 수 있을지도 모른다.

나는 영업 중인 기업에 대해 조사하려고 인터넷에 접속했다. 그러나 머릿속에는 온통 야마모토만 떠올랐다. 정신을 차리고 보면 무의식적으로 야마모토의 기사를 검색하고 있었다.

그것으로 야마모토의 정체를 알 수 있을 턱이 없다.

"안 돼, 안 돼."

나는 고개를 좌우로 가로젓고 양손으로 책상을 쾅 하고 누르며 일어났다.

업무 개시까지는 시간이 제법 있다. 일단 사 온 아침을 먹고 다른 생각을 하자.

나는 사무실 문을 열고 옥상으로 통하는 엘리베이터로
향했다.

옥상에 올라가자 점점 차가워지는 바람이 한층 더 춥
게 느껴졌다.

곧장 펜스 한쪽에 설치된 문으로 향했다. 자물쇠를 잡
고 덜컹덜컹 흔들었지만 문이 열릴 낌새는 전혀 없었다.

나는 펜스를 잡고 '바깥세상'을 바라보았다.

이 문을 지나면 그 너머에 기다리는 것은 자유인가. 아
니면…….

"바보로군."

혼잣말에도 이제 익숙해졌다.

크게 심호흡을 하고 벤치에 앉자 엉덩이 밑에서도 냉
랭한 기운이 전해졌다.

모닝세트 샌드위치를 한입 문다. 맛있지도 맛없지도
않았다. 아직 살짝 온기가 남은 커피만이 다소나마 마음
을 달래 주었다.

샌드위치를 천천히, 그래도 15분 만에 다 먹고 나니 할

일이 없어지고 말았다. 여기에 있어도 몸이 얼 뿐이니 아
직 시간은 이르지만 사무실로 돌아가기로 했다.

　엘리베이터를 타고 사무실이 있는 층으로 돌아가 가까
운 뒷문을 통해 안으로 들어갔다.
　문을 열자 사무실에는 이미 누군가 출근해 있었다.
　내 쪽으로 등을 돌린 채 컴퓨터를 만지고 있다.
　내 자리 근처다.
　아니, 저기는 바로 내 자리다.
　사무실 문은 두 개지만, 앞문 근처에 출퇴근기록기가
설치되어 있다 보니 출근할 때는 반드시 앞문으로 들어
간다. 그 사람은 뒤에서 들어온 나를 알아채지 못한 모양
이었다.
　그 사람은 내 자리에서 허리를 굽힌 상태로 필사적으
로 컴퓨터를 조작하고 있었다.
　나는 천천히 내 자리로 다가가 뒤에서 말을 걸었다.

　"안녕하세요……."
　움찔하며 윗몸을 일으킨 사람은 이가라시 선배였다.
선배는 평소와 다른 거친 말투로 외쳤다.

"아오야마! 너 어디로 들어온 거야!"

이가라시 선배는 어딘지 당황한 것 같기도 했다.

"아니, 잠깐 옥상에 갔거든요. 그래서 뒤쪽으로……. 무슨 일인가요?"

나는 켜져 있는 내 컴퓨터를 들여다보며 물었다. 혹시 또 무슨 실수라도 저질렀나 불안해졌다.

"아니, 고타니 제과 데이터에서 조사할 것이 좀 있어서……. 미안해, 멋대로 켜서."

이렇게 말하면서 이가라시 선배는 재빨리 컴퓨터 화면을 껐다.

"아뇨, 뭘요. 그러면 제가 할게요. 죄송합니다. 뭐가 필요하세요?"

"아니, 괜찮아. 부장님이 너는 더는 관여하지 말라고 했잖아."

"하지만 원래는 제 담당이었으니 되도록 도움을……."

이가라시 선배는 내 이야기를 덮어씌우듯이 말했다.

"괜찮아. 여기는 이제 내가 잘 맡고 있어. 계약도 이대로 잘될 것 같고. 부장님 말씀대로 이제 너는 관여하지 않아도 돼."

기분 탓인지 이가라시 선배의 말투가 평소보다 차갑게

느껴졌다.

나는 이번 건으로 선배에게 폐를 끼친 것이 진심으로 미안했다.

"네······. 정말로 죄송합니다. 도중에 선배께 맡겨 버려서. 교섭이 이미 최종 단계였으니 진행 경위를 모르면 하기 힘드시겠죠."

그러자 이가라시 선배는 이번에는 명백히 짜증이 난 말투로 말했다.

"그러니까 문제없대도! 너 참 끈질기다."

나는 놀랐다. 선배의 이런 말투는 처음 들었다.

이렇게 이른 아침부터 출근해서 처리해야 하는 일이라면 역시 큰일이겠지. 내가 할 수 있는 일은 돕고 싶지만, 도리어 선배에게 폐가 될지도 모른다.

"죄송합니다······."

단둘만 있는 사무실에 어색한 공기가 흘렀다.

나는 유일한 아군까지 잃고 만 건가.

"······네 컴퓨터에 접속해서 고타니 제과에 관한 데이터는 전부 지우라고 부장님이 말씀하셨어. 우선 데이터를 전부 이 하드디스크에 옮겨 주겠어? 나머지는 내가 할 테니까."

이가라시 선배의 태도는 역시 평소와 달랐다. 나는 울고 싶은 심정이었다.

"네, 알겠습니다. 바로 건네 드리겠습니다."

그렇게 말하자마자 선배의 하드디스크로 데이터를 옮겼다.

그런데 지난번에 내가 발주 실수를 저지른 원본 데이터가 사라지고 없었다. 하지만 이제 필요 없는 파일이니 특별히 신경 쓸 이유는 없다.

데이터를 전하러 가자 이가라시 선배는 재촉해서 미안하다며 평소처럼 상냥한 말투로 말해 주었다. 나는 안도하며 제자리로 돌아왔다.

얼마 지나지 않아 사무실 사람들이 출근했다. 나는 컴퓨터 앞에 앉아 언제나처럼 업무를 시작했다.

문득 시선을 느꼈다. 그러나 돌아보아도 누구와도 눈길이 마주치지 않았다.

기분 탓인가…….

하지만 또 등을 돌리자 어쩐지 누가 보는 것만 같았다. 오전 내내 등으로 누군가의 시선을 느꼈다.

점심시간이 되자마자 휴대전화가 진동했다. 문자가 왔다는 알림이었다.

문자함을 확인한 나는 "앗" 하고 소리쳤다. 옆자리 동료가 흘끔 보았다.

"아, 아니. 아무것도 아냐."

나는 우물우물 대답하면서 잰걸음으로 사무실을 뒤로했다.

인기척 없는 옥상에서 나는 다시 차가운 벤치에 앉았다.

야마모토가 보낸 문자였다.

'어제는 미안. 벌써 쇼핑했나. 아직 안 했으면 다음 주에 가자! 그보다 오늘 같이 밥 먹지 않을래? 월요일이니까 힘들까.'

심장이 두근거렸다.

나는 지금 유령과 문자를 주고받는 것일까.

잠시 생각한 끝에 답장을 보냈다.

'미안. 오늘은 힘들어.'

퉁명스러운 내용이지만 지금 상태로는 이 이상 대답할 수가 없었다.

그러자 놀랍게도 야마모토에게 전화가 걸려 왔다.

나는 드르르 진동하는 휴대전화를 든 채 벤치에서 일어나 말 그대로 우왕좌왕했다. 얼마 안 있어 전화는 끊어졌다.

나는 격렬해진 심장 박동을 진정시키면서 다시 전화를 걸어야 하나 망설였다.

"좋아. 다시 걸려 오면 받자."

그렇게 자신을 설득하고 있는데 그 순간 또 '야마모토'의 이름과 함께 휴대전화가 진동했다.

어디서 보고 있는 건가!

나는 또 패닉에 빠졌다. 그렇게 허둥거리는 와중에 실수로 통화 표시를 누르고 말았다.

휴대전화에서 익숙한 목소리가 들렸다.

— 아, 다카시? ……어라? 여보세요!

이제 이야기할 수밖에 없다.

유령, 아니 야마모토와.

— 여, 여보세요…….

—아, 미안, 지금 통화 괜찮아?

야마모토의 목소리는 평소와 조금도 다르지 않았다.

—앗, 아아, 괜찮아.
—어제는 모처럼 만나자고 했는데 미안해.
—아, 아니, 전혀 신경 쓸 거 없어. 나야말로 갑작스럽게 불러낸 건데.
—답장이 없어서 혹시 화났나 했어.
—아아, 아니, 좀 일이…… 바빠서.

내 말에 야마모토의 목소리는 단숨에 불안한 기색을 띠었다.

—무슨 일 있었어?
—앗, 아니, 그런 건 아니고.
—아무래도 오늘 회사 근처에서 잠깐…….
—괜찮아!

나도 모르게 엄청난 기세로 거부하고 말았다.

한참 침묵이 흐른 뒤 더없이 안타까운 듯한 야마모토
의 목소리가 들렸다.

─ ……역시 화났구나?
─ 그게 아니라……. 알았어. 오늘 만나자.

나는 각오를 굳히고 말했다.
야마모토의 목소리가 확 밝아졌다.

─ 아, 그럴래? 그럼 또 회사 앞까지 데리러 갈게!
─ 응……. 그럼 이따 보자…….
─ 그래, 이따 봐.

전화를 끊고 금세 후회했다.
대체 어떤 얼굴을 하고 야마모토를 만나야 할까.
설마 나는…… 무엇에 씐 건가?
"설마."
나는 하핫 하고 메마른 웃음소리를 내며 무리해서 불
안을 지웠다.

"다카시! 수고했어."

회사를 나서자마자 어처구니없이 밝게 웃는 야마모토의 얼굴이 보였다.

"어디로 갈래? 요전번의 바는 어때? 거기 꽂게 파스타 엄청 맛있었어! 아, 그리고 감자튀김도!"

파스타를 나눠 먹은 그 가게 말인가. 그 가게 안은 상당히 어둑했다.

되도록 어두운 곳은 피하고 싶다.

"아, 오늘은 다이료가 낫겠어. 요새 안 갔잖아."

내가 아는 한 가장 밝고 북적이는 가게를 고른 것이다.

"오, 괜찮지! 네가 좋아하는 곳이었지."

야마모토는 반갑게 웃었다.

이미 익숙해진 딱딱한 의자가 오늘은 한층 더 불편하게 느껴졌다.

나는 먼저 무난한 대화를 골랐다.

"오사카 사람은 정말로 다들 다코야키 만드는 기계를 가지고 있어?"

"뜬금없이 뭔 소리야."

야마모토는 눈썹을 살짝 위로 실룩이더니 맥주를 맛있

게 마셨다.

"아니, 저번에 텔레비전에서 그러기에……."

야마모토는 후훗 하고 웃더니 우쭐하며 나를 보고 말했다.

"당연하지."

나는 야단스럽게 놀라는 척했다.

"와, 거짓말이 아니었구나."

"혼자 산다면 다코야키 파티를 해야지."

나는 "그렇구나" 하고 맞장구를 치면서 정말로 놀랍다는 듯이 고개를 끄덕였다.

"아! 다음에 너희 집에서 다코야키 파티 할까."

생각지도 못한 야마모토의 제안에 갑자기 땀이 났다.

"뭐? 우리 집에는 다코야키 기계가 없는데……."

"그럼 내가 들고 갈게."

"아니야, 됐어! 우리 집은 멀고 좁고 더럽고……."

"괜찮아, 괜찮아."

"아, 그리고 벽도 얇으니까 이야기하기도 힘들고…… 옆집 사람이 소리에 엄청 예민해."

"그래? 그럼 안 되겠네."

"그, 그렇다니까. 아, 정말로 초대하고는 싶은데."

나는 평소의 1.5배쯤 빠르기로 떠들었다.

"그럼 우리 집으로 올래?"

"아니야! 미안하잖아."

뭐가 미안한지는 모르겠지만 나는 일단 고개를 가로저었다.

"하기야 우리 집도 괜찮지만 오면 끝장일 테니까."

"뭐?"

나도 모르게 얼빠진 소리를 지르고 말았다.

"돌아갈 방도가 없어."

야마모토가 씩 웃었다. 등골이 오싹하면서 식은땀이 났다.

"내 매력에 씌어 버릴 테니까."

"하, 하하하하하."

"뭐야, 억지로 웃지 마."

너무나도 어색한 나의 거짓 웃음에 야마모토가 부루퉁해서 말했다.

대화 주제를 잘못 선택했다. 이래서는 안 된다. 다른 화제로 돌려야 한다.

안절부절못하다 그만 주말 일을 묻고 말았다.

"그러고 보니 너, 일요일에 어디 갔어?"

"일요일?"

"응, 나 혼자 쇼핑하러 갔는데, 전에 네가 알려 준 옷집으로 말이야, 그 근처에서 너를 봤어."

"날 봤다고? 기분 탓 아니야? 그런 곳에는 안 갔어."

야마모토는 천연덕스럽게 대답했다.

"거기서 버스에 탄 것 같은데……."

"잘못 봤겠지."

야마모토의 대답은 차가웠다.

내가 잘못 본 것일까?

아니, 그 사람은 분명히 야마모토였다.

나는 야마모토가 쇼윈도에 부딪힌 뒤에 보인 잔뜩 겁에 질린 표정을 떠올렸다.

더는 이 일은 언급하지 않는 편이 나을지도 모른다.

그 뒤 야마모토가 도망치듯이 탄 버스의 행선지는 분명히 주택가, 대학, 공동묘지…… 공동묘지?

등에 또다시 식은땀이 흘렀다.

어쩌면 그곳이…….

입을 꼭 다문 나를 보며 야마모토가 입을 열었다.

"뭐야, 다카시. 혹시 내 환영을 볼 정도로 내가 보고 싶었던 거야? 인기 많은 남자는 괴롭다, 괴로워."

야마모토가 씩 웃었다.

야마모토는 여전히 말이 많았다. 평소와 마찬가지로 시시한 이야기를 하고 웃으면서 맥주를 마셨다. 그러나 나는 이야기를 듣는 양 맞장구를 치는 것만으로도 힘겨 웠다.

평소처럼 대화가 흥이 나지 않는 가운데 야마모토가 일어났다.

"잠깐 화장실 다녀올게. 한 잔 더 할 거지?"

"어, 그래."

"죄송합니다, 여기 맥주 두 잔요."

"네!"

나는 야마모토를 향해 웃는 얼굴로 대답한 점원을 빤 히 바라보았다.

"주문하시겠습니까?"

내가 자신을 불렀다고 착각한 점원이 테이블로 달려 왔다.

"앗, 그럼 그, 임연수어 주세요."

"알겠습니다!"

나는 야마모토의 빈 맥주잔 안을 확인했다. 맥주는 남아 있지 않다. 야마모토는 틀림없이 밥을 먹고 술을 마신 것이다.

"치워 드릴까요?"

점원은 그렇게 말하자마자 내가 들고 있던 맥주잔을 옆에서 가로채서 가져갔다.

"이야, 임연수어 주문했어? 이거 맛있지."

화장실에서 돌아온 야마모토가 테이블을 보고 반갑게 웃었다.

"응……."

나는 처음 만난 날과 똑같은 굳은 미소로 응답했다.

* * *

아무것도 생각하고 싶지 않은 화요일에는 아무것도 생각하지 않기로 했다.

야마모토에 대해 이것저것 고민해도 소용없다. 만약

야마모토가 유령이고 나를 구하기 위해 왔다면 내가 일을 열심히 해서 야마모토를 안심하게 하는 것밖에 성불시킬 방법이 없어 보인다.

일단 일을 하자.

지금 내가 할 수 있는 일이 얼마나 있을지 모르지만, 할 수 있는 일부터 하자.

지금까지 방문한 기업은 셀 수 없을 정도다.

그중에서 이야기를 들어 준 사람도, 들어 주지 않은 사람도 있지만, 아무리 작은 일이라도 귀중한 정보이리라. 여태껏 방문 과정을 기업별로 데이터화하자.

첫 타자는 당연히 고타니 제과다.

그 데이터를 이가라시 선배에게라도 주고 싶다. 필요할 때 써 주면 좋고, 필요 없다면 무시해도 된다.

나는 컴퓨터를 켜서 지금까지 노다 씨와 나눈 이야기를 빠짐없이 전부 적었다.

새삼 기억을 되살리다 보니 노다 씨와 고타니 제과에 관한 정보는 눈 깜짝할 사이에 늘어났다.

반년 동안 이렇게나 그 기업에 대해, 노다 씨에 대해 알아냈구나.

통 이야기를 들어 주지 않아 좌절했던 첫 만남을 떠올

리자 마음이 뭉클해졌다.

아침부터 컴퓨터에 앉아 있던 덕에 점심 전에 정보가 다 정리되었다.

점심시간이 되기 전에 자료를 넘기려고 이가라시 선배 책상으로 향했다.

"이가라시 선배, 이거 고타니 제과와 주고받은 정보를 정리한 서류예요. 필요하면 써 주세요."

프린트한 정보를 내밀자 이가라시 선배는 순간 흠칫 놀란 표정을 지었다.

"데이터는 어제 나한테 전부 넘겼잖아!"

나는 이가라시 선배의 서슬에 진심으로 놀라서 "아니, 그게……" 하고 대답을 흐리고 말았다. 평소에는 본 적 없는 선배의 모습에 사무실 사람들이 무슨 일인가 하고 일제히 주목했다.

물론 부장도 그중 한 사람이었다.

이가라시 선배는 성큼성큼 내 책상으로 가서 내 컴퓨터를 멋대로 켜고 무언가 확인하기 시작했다. 그리고 "나와"라며 내 팔을 잡고 사무실 바깥으로 끌고 갔다.

아무도 없는 탕비실에서 선배는 "데이터는 전부 내놓으라고 했지"라고 나직한 목소리로 몰아붙였다.

나는 당황해 어찌할 바를 몰랐다.

"죄, 죄송합니다."

움츠러든 나에게 이가라시 선배는 조금 전에 내가 건넨 자료로 벽을 팡팡 치면서 "이건 대체 뭐지"라며 위협했다.

"아, 저기…… 이건 저밖에 모르는 정보를……."

"너, 나를 협박할 생각이야?"

영문을 모르겠다.

"혀, 협박요……?"

"몰래 이런 짓하지 말고 똑똑히 말해."

나는 정말로 무슨 일이 일어났는지 도무지 짐작이 가지 않아 그저 혼란스러울 따름이었다.

"저는…… 그러니까 전에 노다 씨와 이야기한 정보 같은 것도 있는 편이 도움이 되지 않을까 해서……."

내 말을 듣고 이가라시 선배도 뭔가 이상하다는 표정을 지었다.

"너……."

그렇게 말하더니 나에게서 떨어져 한동안 침묵했다. 그러고 나서 그대로 아무 말도 하지 않고 사무실로 돌아간다.

나는 망연히 사무실로 돌아가 이가라시 선배의 모습을 훔쳐보았다.

선배는 내가 준 자료 내용을 확인하는 듯했다. 나와 눈이 마주치자 거북한 표정을 짓고 시선을 피해 버렸다.

그러는 사이에 점심시간이 되었다.

이가라시 선배가 부장에게 가서 함께 사무실을 나갔다. 그때 부장이 나를 흘끔 본 것 같았지만, 조금 전 충격으로 머리가 터질 것 같아서 그런 자잘한 사실을 신경 쓸 여유가 없었다.

그만 집에 돌아가고 싶었다.

몸이 안 좋아서 여기서 쓰러진다면 얼마나 편할까.

점심시간이 끝나고 무거운 발걸음으로 사무실로 돌아갔다.

이가라시 선배와 부장은 아직 돌아오지 않았다.

두 사람이 돌아온 것은 쉬는 시간이 넉넉히 30분도 더 지났을 즈음이었다. 부장이 내 자리로 다가온다.

"아오야마, 잠깐 와 봐."

나는 마치 사형 선고를 받은 심정으로 부장을 뒤따라
갔다.

회의실로 들어가자 부장은 의자에 털썩 앉았다.

나는 그 앞에서 고개를 숙인 채 말없이 서 있었다.

부장은 충분히 뜸을 들인 뒤 천천히 입을 열었다.

"너, 대체 뭐하자는 거야?"

나는 부장의 말이 무슨 소리인가 어리둥절해하면서 묵
묵히 들었다.

"이가라시가 실컷 신경 써 주었더니만 불평을 늘어놓
았다면서."

나는 입을 다문 채 꿈쩍도 하지 않고 그저 우두커니 서
있었다.

"내 담당이라느니, 계약은 이미 마무리되어 있었다느
니, 실적을 가로챘다느니 하는 소리를 했다지."

어제 아침 일이 떠올랐다.

그런 뜻으로 한 말이 아닌데…… 선배는 그렇게 받아
들인 건가.

내 어리석음이 혐오스러웠다.

"그렇게 실적이 아까워? 신세를 진 선배에게 뒤에서 해를 끼치면서까지 실적이 탐나냐! 쓰레기 같은 놈!"

입에서 침을 튀기면서 소리치는 부장의 말은 머리에 하나도 들어오지 않았다.

"너는 대체 할 수 있는 게 뭐야! 말 좀 해 봐! 네놈은 입이 없냐!"

어쨌거나 오해만은 풀고 싶었다. 고마워하고 있다는 것만은 이가라시 선배가 알아주기를 바랐다.

"저는…… 그럴 생각은…… 선배님께는 정말로 감사하고 있습니다."

선배에게 사과해야 한다. 욕설을 들으면서도 속으로는 그 생각만 했다. 부장의 마지막 말만이 무슨 까닭인지 머리에 박혔다.

"너란 놈은 아무 장점도 없는 주제에 사람을 화나게 하는 데는 천재야."

사무실로 돌아가자 다들 나를 보고도 못 본 척했다.

나는 우선 이가라시 선배에게 가서 용기를 짜내 말을

걸었다.

"선배, 죄송합니다만 잠시 이야기할 수 있을까요?"

이가라시 선배는 귀찮아하는 표정을 지었지만, 뒤에서 부장이 "네가 너무 착해서 이 녀석이 기어오르는 거야. 하고 싶은 말 하고 와"라며 재촉하자 마지못해 일어났다.

옥상에 도착한 이가라시 선배는 퉁명스럽게 "뭐야"라 고만 물었다.

나는 엎드려 빌어서라도 사과하고 싶었다. 선배에게만 은 미움 받고 싶지 않았다.

"저기…… 부장님께 들었어요. 어제 일을 사과드리고 싶어요."

"어제 일?"

"저, 저는 정말로 선배께 신세를 졌다고 생각하고 있어 요. 그때, 제가 실수를 저질렀을 때 도와주셔서, 정말로, 정말로……."

나는 고개를 숙이고 이야기했다. 성심성의껏 마음을 전하고자 했다.

그런데 이가라시 선배는 내 말을 가로막고 짜증 난 모

습으로 거칠게 쏘아붙였다.

"작작 좀 해!"

그러더니 "아!" 하고 기괴한 소리를 지르며 머리카락을 마구잡이로 쥐어뜯었다.

"너, 지금 일부러 이러지? 나한테 생색이라도 내려고?"

오늘 아침부터 줄곧 선배가 뭐에 화가 났는지 도통 모르겠다. 뭘 어떻게 사과하면 되는지도 모른 채 그저 힘없이 "죄송합니다……"라고 중얼거릴 수밖에 없었다.

선배는 더욱 울화가 치민다는 듯이 말했다.

"다 알고 있지?"

아무것도 모르는 나는 다시 한 번 사그라질 듯한 목소리로 죄송하다는 말만 되풀이했다.

"너, 진짜로 뭐야. 영문을 모르겠어. 너, 영업 그만 관두지그래? 너한테는 무리야. 안 맞아."

나는 묵묵히 선배의 말을 들었다.

선배는 분노를 숨기지 않고 양손으로 펜스를 붙잡더니 마치 동물원 원숭이처럼 철컹철컹 소리를 내며 흔들었다. 그러고는 한숨을 내쉰 후 나를 마주 보고 말했다.

"내가 했어."

머리 나쁜 나는 그게 무슨 소리인가 고민했다.

선배는 또다시 깊은 한숨을 쉬더니 모든 것을 포기한
듯한 표정을 지었다.

"고타니 제과 발주를 고친 사람은 나라고."

전혀 예상치 못한 말에 나는 목소리도 나오지 않았다.

선배는 말을 이었다.

"잘 들어. 여기는 숫자를 놓고 서로 뺏고 밀어내는 세
계야. 입사한 지 반년 된 신입이 대형 계약을 따내면 사
람들은 나한테 그 두 배의 숫자를 기대해. 너한테는 긴장
감이 부족해. 누구든 금방 믿으면서 듣기에 좋은 말만 늘
어놓지. 그렇게 해 나갈 수 있는 세계가 아니란 말이야."

나는 아무 말도 하지 못했다.

가장 믿고 있던 사람이건만. 늘 상냥한 미소로 격려해
준 사람이건만.

"어제 내가 네 컴퓨터를 만지던 거 알고 있지. 마지막
에 내가 발주 내용을 고친 날짜가 남아 있더군. 내가 그
파일을 지운 거 눈치챘잖아? 시치미 뚝 떼고 나를 돕겠다
고? 얼른 부장한테 일러바쳐! 정말로 너는 짜증 나는 놈
이야. 그래, 원래는 네 담당이었지! 내가 편하게 실적을
땄다고 비꼬고 싶기도 하겠지."

"말도 안 돼……."

나는 눈앞에 펼쳐진 광경이 믿기지 않았다.

그저 줄곧 선배의 기분을 깨닫지 못한 자신이 한심하고, 지금까지 선배가 한 말이 거짓말이라고 생각하니 서글퍼서 입을 열 기력조차 잃어버리고 말았다.

"말이 나온 김에 얘기하자면, 그날 나는 클레임 전화가 걸려 올 줄 알고서 일부러 밖에 나가지 않고 사무실에서 기다렸어. 그래야 그대로 내가 이어받을 수 있으니까. 내가 신입 시절에는 수주 품의서가 도착할 시간이면 전부 체크하고 시간에 맞게 도착했는지, 실수는 없는지 스스로 확인했어. 너처럼 태평하게 라면이나 먹으러 가지 않았다고!"

선배의 목소리가 멀게 들렸다. 마치 남의 일처럼 멀리서 윙윙거린다.

"담당자랑 신나게 수다 떨고 짝짜꿍하면서 주문을 따내는 건 내가 용납 못 해."

선배는 거칠게 말했다. 문득 부장에게 들은 말이 떠올랐다.

"너란 놈은 사람을 화나게 하는 데는 천재야."

아아, 그런가. 역시 전부 내 잘못인가.

이가라시 선배를 이렇게 만들어 버린 사람은 나잖아.

나는 남이 울화가 치밀 만한 짓밖에 못 한다.

역시 나는 사회에 나와서는 안 되는 인간이었다.

11월 13일
일요일

일요일 아침에는 조금 행복하다.

지금 나는 아주 조금 그렇게 느끼고 있다.

내일부터 더는 이 노래를 계속 부르지 않아도 되기 때문이다.

오늘로 모든 것이 끝난다.

일요일인 채 영원히 월요일은 오지 않는다.

내일을 생각하고 우울해하지 않아도 된다.

옥상에 부는 바람은 어제보다 차가웠다.

역시 오늘도 자물쇠는 채워져 있다.

나는 손에 든 망치를 자물쇠를 향해 내리쳤다.

철컹!

눈앞에서 울려 퍼지는 단단한 금속음은 순식간에 허공에 빨려 들어가듯 사라졌다.

철컹!

나는 역시 이 세상에 존재해서는 안 되는 인간이었다.

철컹!

그렇게나 상냥했던 선배마저 내가 바꾸고 말았잖아.

나는 주변 사람을 화나게 하는 재주밖에 없다.

누구의 탓도 아니다. 전부 내 탓이다.

주위를 그렇게 불쾌하게 만드는 나 자신의 책임이다.

그런 내가 너무 싫고 또 싫어서 견딜 수가 없다.

철컹!

나는 모든 생각을 쏟아부어 힘껏 망치를 내리쳤다.

철컹!

둔탁한 소리와 함께 낡은 자물쇠는 역할을 다했다.

펜스 문을 열자 그곳은 전혀 다른 세상이었다. 눈앞을 가로막는 것은 아무것도 없다. 마냥 푸르고 맑은 하늘이 펼쳐졌다.

한 걸음, 한 걸음, 천천히 걸음을 내딛는다.

30센티미터쯤 높낮이 차이가 나는 옥상 난간에 한쪽 발을 걸치고 그 위에 올라섰다.

정말 좋은 날씨다.

신기하게 무섭지 않다. 조금 있으면 편해질 수 있다. 그렇게 생각하자 기분이 날아갈 듯 가벼워졌다.

나는 크게 심호흡하고 두 팔을 벌려 하늘을 우러러보았다. 차가운 바람이 불었다. 정말 이대로 뛸 수 있을 것만 같았다.

천천히 눈을 감는다. 그날 승강장에서 그랬듯이.

머리를 텅 비우고 그저 바람에 몸을 맡겼다.

"기분 좋아 보이네."

느닷없이 뒤에서 들린 목소리에 의식이 현실로 되돌아왔다.

돌아보지 않아도 목소리의 주인이 누구인지 알고 있

다. 내 주위에서 오사카 억양으로 말하는 녀석은 한 사람 밖에 없다.

어쩐지 올 것 같았다.

역시 이 녀석은 진짜 유령인지도 모른다.

나는 펼친 양팔을 천천히 내렸다.

"미안."

나는 등을 돌린 채 말했다.

"뭐가."

그 목소리는 평소와 조금도 다르지 않았다.

"이것저것 상담해 줬잖아. 그런데……."

한동안 침묵이 이어졌다.

시간이 멈춘 것 같은 세상 속에서 이따금 바람 소리만 이 들렸다.

"그쪽으로 가도 돼?"

침묵을 깬 사람은 야마모토였다.

나는 즉시 답했다.

"아니. 오지 마."

야마모토도 즉시 답했다.

"나도 싫어. 눈앞에서 사람이 떨어지면 평생 트라우마가 될 거야."

"그럼 그냥 돌아가. 아무것도 보지 않은 걸로 해 줘."

"너라면 그런 소리를 듣고 순순히 돌아갈 수 있어?"

정말로 한마디도 안 지는 놈이다.

나는 잠시 생각하고 나서 입을 열었다.

"어차피 또 금방 만날 수 있잖아?"

단 한 가지 미련이 있다면 야마모토의 입으로 진실을 듣지 못한 것이다.

"……무슨 뜻이야?"

야마모토의 목소리에 당혹감이 묻어났다. 나는 숨을 들이쉬고 똑 부러지게 말했다.

"야마모토 준은 3년 전에 죽었어."

조금 세찬 바람이 불었다.

내가 입은 셔츠가 바람에 펄럭거리며 나부꼈다.

"알고 있었어?"

잠시 침묵 뒤에 야마모토는 분명히 그렇게 말했다.

역시 그랬구나.

나는 여전히 반신반의하고 있었다. 아무래도 야마모토

가 유령이라고 믿을 수 없었다.

듣고 싶던 대답이기는 했지만 본인의 입으로 확실히 들으니 역시나 충격적이었다.

"그러니까 나도 네가 있는 곳으로 갈게. 그쪽에서 또 같이 마시자."

천국에는 갈 수 없을지도 모르겠지만. 나는 마음속으로 그렇게 생각했다.

뛰어내리는 데 망설임은 없었다. 망설임은커녕 뒤에서 야마모토가 지켜봐 주니 도리어 마음이 든든했다.

내가 다시 한 번 팔을 펼치자 뒤에서 후 하고 웃음 섞인 한숨이 들렸다.

"너 설마 나를 유령이라고 생각해?"

야마모토의 말에 나는 움직임을 멈추었다.

"진심으로 그런 생각을 하는 거야?"

눈치채지 못한 사이에 그 목소리는 내 바로 뒤까지 다가와 있었다.

"이쪽을 봐."

무슨 까닭인지, 뛰어내리려고 마음먹었을 때보다도 떨렸다.

"이쪽을 봐."

야마모토는 조금 전보다 상냥한 목소리로 말했다.

나는 천천히 몸을 비틀듯이 돌아보았다. 야마모토는 상냥한 표정을 짓고 있었다. 그러나 눈앞에 비치는, 채 숨기지 못한 슬픔은 이전에 보았던 빛깔과 똑같았다.

야마모토는 손을 슬쩍 내밀었다.

"차가운지 만져 봐."

나는 머뭇거리면서도 야마모토의 손바닥에 내 손을 살며시 포갰다. 손끝에 닿은 손바닥은 분명 부드럽고 따스했다.

야마모토는 포갠 내 손을 천천히 감싸더니 자신의 손에 힘을 꼭 쥐었다. 그러더니 "따뜻하지?"라며 웃었다.

야마모토의 처진 눈꼬리에서 한 줄기 눈물이 흘렀다.

내 볼에도 차가운 물방울이 흘러 떨어졌다.

야마모토는 그대로 천천히 내 손을 끌어당겼다.

옥상 난간에서 내려온 나는 펜스에 기대앉았다.

야마모토도 나란히 앉았다. 그리고 불쑥 말했다.

"날씨 좋다."

"응, 정말 좋다."

펜스 너머가 아닌 하늘도 역시 맑아서 한동안 둘이서 멍하니 하늘을 쳐다보았다.

갑자기 야마모토가 나에게 질문했다.

"저기 말이야, 다카시. 인생은 누구를 위해 있다고 생각해?"

"뭐?"

"네 인생은 무얼 위해 있다고 생각해?"

나는 나름 고민하고 대답했다.

"……사회를 위해?"

"완전히 틀렸어."

"그럼 자신을 위해……."

"절반은 그런 이유도 있겠군."

"절반?"

"그래. 네 인생 절반은 너를 위해서라면, 남은 절반은 누군가를 위해 있을까?"

"……장래의 내 아이?"

"지금 현재 말이야."

고민하는 나에게 야마모토는 천천히 말했다.

"나머지 절반은 너를 소중히 생각하는 사람을 위해 있

어."

나는 야마모토의 말에 멍청하기 짝이 없는 대답을 했다.

"하지만 난 여자 친구가 없는데."

"알아. 다른 사람이 있잖아."

"어어······."

"잘 생각해 봐."

"······너?"

"소름 끼쳐."

"그럼 누군데. 미안하네, 변변한 친구도 없어서."

부루퉁한 나에게 야마모토는 기가 막힌다는 표정을 지었다.

"정말로 몰라?"

"응······."

야마모토는 작게 한숨을 쉬더니 진지한 얼굴로 내 눈을 들여다보았다.

"너, 응애 하고 태어났을 때부터 오늘까지 너 혼자 컸다고 생각해?"

말이 나오지 않았다.

"야, 너는 지금 네 자신의 기분만 생각하고 있지만 말이야, 한 번이라도 남겨진 사람의 심정을 생각한 적 있어? 왜 구해 주지 못했을까, 평생 후회하며 살아갈 사람의 마음을 생각한 적 있어?"

부모님 얼굴이 머릿속에 떠올랐다.

우리 부모님은 내가 고등학생 때 야마나시 현으로 이사했다. 아버지가 일하던 회사가 도산하고, 같은 시기에 시골 할머니가 쓰러졌다. 원래 야마나시 현에서 자란 아버지는 고향 집으로 돌아갔다. 나도 고등학교만 야마나시 현에서 다녔다.

나는 도쿄에서 멀어지는 게 싫어서 부모님과 엄청 싸웠다.

어째서 아버지는 도산할 회사에 다닌 건가.

어째서 아버지는 도쿄에서 재취업할 곳을 찾지 못한 건가.

그런 생각만 하고 짜증이 나서 심한 말도 퍼부었다.

고등학교에 다니면서도 이런 곳에 있고 싶지 않다고 줄곧 생각했다. 그런 놈에게 친구가 생길 리가 없다.

빨리 도쿄로 돌아가고 싶어서 무작정 수도권 대학에

시험을 치르고 뛰쳐나오듯이 야마나시 현을 나왔다.

그러고 보니 아버지는 퇴직금을 제대로 받았을까.

결코 돈이 넉넉한 상태는 아니었는데, 아버지도 어머니도 불평 한마디 하는 모습을 본 적이 없었다. 아무 말도 없이 대학까지 보내 주고 생활비까지 보태 주었다.

나는 그것을 당연하게 받아서 썼다.

지금도 잊지 못할 일이 있다.

야마나시 현으로 이사한 그날, 과묵하고 고집 센 아버지가 나에게 한 말.

어렵게 얻은 친구들과 헤어지게 해서 미안하다고.

아아, 나는 정말로 바보 천치다. 늘 나만 안다.

내가 죽어도 진심으로 슬퍼할 사람 따위 없다고 생각했다.

친구들은 그 순간에는 울더라도 이내 잊어버릴 거라고 생각했다.

부모님은 떠올릴 여유도 없었다.

가장 소중한 사람인데.

코끝이 찡해져서 추운 척하며 코를 훌쩍였다.

"으슬으슬하네."

그런 나를 보고 야마모토는 무척이나 상냥하게 웃어
주었다.

"그래. 슬슬 돌아갈까."

문을 지나 펜스 안 세상으로 돌아가자 야마모토는 "으
음" 하고 기지개를 켰다.

"아, 마음을 놓았더니 배고파졌어."

나는 후훗 하고 웃었다.

야마모토가 웃는 얼굴로 내게 물었다.

"점심 먹으러 어디 안 갈래? 벌써 점심도 꽤 지났지
만."

나는 멈추어 서서 대답했다.

"그렇구나. 앗, 그 전에 하나만 묻고 싶어."

"뭔데?"

야마모토도 멈추어 섰다.

"내가 여기에 있는 줄 어떻게 알았어?"

"네가 답문자를 보내지 않아서."

"문자 보냈구나……. 미안. 못 봤어."

"오랜만에 영화라도 보러 갈까 싶어서 문자 보냈어. 그런데 대답이 없어서 집까지 가 보니 없잖아."

"그랬구나……."

"쉬는 날에 집에 없으면 회사에 갔을 것 같더라고."

"응……. 야, 뭐야."

"응?"

"시치미 떼지 마."

"뭐가."

"그러니까 그게……."

나는 가슴 가득 숨을 들이쉬었다. 그리고 단숨에 토해 냈다.

"너 어떻게 우리 집을 아는 거야!"

"어? 전에 가르쳐 주지 않았나?"

"안 가르쳐 줬어!"

"핫핫핫."

핫핫핫은 무슨. 진짜 뭐야.

나는 고개를 털썩 떨어뜨렸다.

"야마모토. 너 대체 정체가 뭐야?"

마음을 굳히고 묻는 나를 보고 야마모토는 씩 웃었다.

"유령."

"뭐……?"

"만약 내가 진짜로 유령이라면 너는 어쩔래?"

"어쩌냐니……. 하는 수 없지. 이미 친구가 돼 버렸으니까."

"하하하, 유령이랑 친구라니. 다른 친구들에게 자랑해도 돼."

"누가 믿겠냐."

언짢기는 했지만 나는 그대로 걸어가려 하는 야마모토를 허둥지둥 제지했다.

"그래서 진실은? ……유령이야?"

"비밀!"

"뭐!"

"유령이라고 말했다가 하늘에서마저 쫓겨나면 큰일이니까."

장난꾸러기 같은 얼굴의 야마모토는 앞을 가로막은 내 팔을 빠져나가더니 엘리베이터로 달려갔다. 나는 "잠깐만 기다려"라며, 언젠가 유행했던 광고 문구를 외치며 뒤쫓았다.

야마모토가 휙 돌아보았다.

"딱 한 가지 할 수 있는 말은 오랜만에 만난 '동창'에게 중요한 물건이 가득 담긴 가방을 함부로 맡기면 안 된다는 거야!"

야마모토는 또 씩 웃더니 발길을 돌려 다시 뛰었다.

가방……?

나는 머릿속으로 생각을 굴리느라 멈추었다.

한번 시야에서 사라졌던 야마모토가 서둘러 돌아와 내 등을 양손으로 떠밀었다.

나는 고개를 갸웃거리며 채 등 떠밀려 엘리베이터로 향했다.

* * *

— 따르르르릉.

세 번째 신호음 뒤에 오랫동안 듣지 못한 그리운 목소리가 들렸다.

— 여보세요.

— 아, 난데, 엄마?

— 어머나, 다카시! 어쩜, 오랜만이구나. 잘 지내니?

— 응, 잘 지내. 그쪽은 어때요?

— 다들 잘 지내지. 할머니도 아버지도. 잠깐만 기다려봐! 여보!

어머니는 큰 소리로 아버지를 불렀다. 나는 허둥지둥 말했다.

— 아니, 됐어, 됐어.

— 할머니는 지금 병원에 가서 안 계셔.

어머니는 진심으로 안타까워했다.

— 그러니까 됐대도. 딱히 용건이 있는 건…….

— 여보! 여기, 다카시, 다카시!

안 듣고 있군.

— ……다카시냐.

1년 만에 듣는 아버지의 목소리는 조금 나이를 먹은
것 같았다.

— 네.
— 잘 지내냐.
— 네.
— 일은 어때.
— 뭐…… 그냥…….
— 그렇구나…….

아버지는 잠시 침묵했다가 이렇게 말을 이었다.

— 너는 아직 젊어. 지금은 얼마든지 실패해도 된다.
— 어어…….
— 엄마가 기다리니 바꾼다.
— 으, 응.

갑작스러운 아버지의 말에 나는 조금 당황했다. 그리

고 다시 어머니의 반가워하는 목소리가 들렸다.

　— 다카시? 아픈 데는 없니?
　— 잘 지낸다니까.
　— 좀처럼 집에 오지 않아서 걱정했어.
　— 아…… 미안.

어머니는 걱정스럽게 물었다.

　— 직장에서 무슨 일 있었니?
　— 아니……. 무슨 일이 있긴.
　— 그래? 다음에 언제 내려와?

어머니는 다시 기운찬 목소리로 돌아왔다.

　— 어, 조만간 한번 갈게.
　— 그대로 여기서 살아도 돼.
　— 무슨 소리야. 난 거기 안 살 거야.
　— 너는 도쿄를 좋아하니까.
　— 응…….

— 하지만 여기에는 아빠도 엄마도 있잖니.

어린아이를 어르는 듯한 상냥한 어머니의 목소리는 오래된 기억 속 목소리와 다르지 않았다.

— 응…… 알아.
— 도쿄가 지긋지긋해지면 돌아와도 돼.

나는 마음먹고 말을 꺼내 보았다.

— 저기…….
— 왜?
— 만약에…… 만약에 말인데, 내가 회사를 그만둔다고 하면 어떡할 거야?
— 어머나, 뭐 어떠니?

어머니의 대답에는 당혹감도 망설임도 전혀 느껴지지 않았다.

— 잠깐만, 그렇게 간단히 말하지 마.

― 그게 뭐 별일이라고. 세상에 회사가 거기 하나만 있
는 것도 아니잖아.

너무나 태연한 어머니의 말에 나는 맥이 빠졌다.

― 아니, 보통은 말리지 않나.
― 그야 네 인생인걸. 네 생각대로 해도 되잖니.
― 그렇긴 하지만…….
― 다른 직장을 찾을 수 있어. 아직 젊으니까.
― 그렇게 간단히 찾지는 못해.
― 정 안 되면 이쪽으로 오면 되지.
― 돌아가면 부담되잖아. 돈도 드는데.
― 무슨 소리니. 지금 너 한 사람이 뭐 그리 부담이라고.

어머니는 큰 소리로 하하하 웃어넘기고 말을 이었다.

― 다카시, 엄마 말이야, 다음 달에 생일이거든?
― 갑자기 또 뭐야. 뭐 받고 싶은 거라도 있어?

어머니가 생일 선물을 재촉하다니, 처음 있는 일이라

조금 놀랐다.

　ㅡ엄마는 맛있는 케이크가 먹고 싶어.

　ㅡ케이크? 케이크 정도는 그쪽에도 있잖아?

　ㅡ도쿄의 맛있는 케이크가 좋겠다!

나는 어이없어하며 물었다.

　ㅡ어떤 케이크?

　ㅡ뭐든 좋아. 다음에 올 때 사 와.

　ㅡ선물은?

　ㅡ그러니까 케이크.

　ㅡ그것만으로 돼?

　ㅡ충분해. 그 대신에 맛있어야 해.

나는 어머니가 언제부터 그렇게 케이크를 좋아하게 됐
나 생각하면서 대답했다.

　ㅡ알았어. 큰 걸로 사 갈게.

　ㅡ작아도 돼. 네 아버지는 단 건 먹지 않으니까. 너도

별로지?

　— 나도 먹을 테니까 큰 걸로 살게.

　— 남으면 아깝잖아. 아, 잠깐만! 아버지도 드신대! 어쩜, 웬일이람.

　아버지도 곁에서 대화를 듣고 있던 듯하다.

　— 알았어. 그럼 다음 달에 갈게.

　— 참, 다카시?

　— 왜?

　— 괜찮아. 인생은 말이지, 살아만 있으면 의외로 어떻게든 되게 되어 있어.

　어머니는 여전히 밝은 목소리로 나를 격려하듯이 말했다.

　살아만 있으면.

　이 말에 심장 안쪽이 욱신거렸다. 그와 동시에, 내가 하려 한 짓에 대한 죄책감 같은 것이 마음속에 소용돌이쳤다.

— 응…… 알았어.

— 몸을 너무 혹사하면 안 돼.

— 응.

— 밥 잘 챙겨 먹어.

— 알았다니까.

— 정말로 다음 달에 올 거지?

그렇게 다짐을 받는 어머니의 말에서 나를 걱정하는 마음이 절실히 전해졌다.

나는 그제야 왜 어머니가 뜬금없이 생일 이야기를 했는지 이해했다. 케이크가 먹고 싶다는 어머니의 마음을 생각하니 가슴에 뜨거운 것이 치밀어 올랐다.

— 그런다니까. 케이크 사 가면 되지?

— 그래, 맞아! 케이크 기대할게.

— 알겠어. 그럼 또 전화할게.

전화를 끊으려는 나에게 어머니가 조금 빠른 말투로, 그러나 똑 부러지게 말했다.

—무슨 일 있으면 언제든 전화해. 아빠도 엄마도 늘 여기에 있으니까.

—알겠어.

나는 짤막하게 대답하고 전화를 끊었다. 그리고 휴대 전화를 쥔 채 그 자리에 무너져 내렸다.

아무리 시골이라도 시내에 나가면 맛있는 케이크 정도는 얼마든지 살 수 있다. 그래도 어머니는 일부러 '직접 들고 돌아와야 하는 것'을 선물로 골랐다.

일 때문에 고민하는 아들이 고향 집으로 돌아올 구실을 만들 수 있도록.

아들이 살아서 돌아오도록.

살아만 있으면…….

어머니는 어떤 심정으로 그 말을 한 건가.

'내가 죽어도 아무도 슬퍼하지 않는다'고 한순간이라도 생각한 것이 후회되었다.

부모가 손수 돌보며 길러 준 목숨을, 아마도 피 토하는 심정으로 길러 주었을 이 목숨을 간단히 버리려 한 나 자신의 어리석음을 격렬하게 나무랐다.

못난 아들이라 미안.

바보 같은 생각을 하는 아들이라 미안.

나는 혼자가 아니다.

휴대전화를 가슴에 끌어안고서 소리 내 울었다.

* * *

죽고 싶어지는 월요일······에는 회사를 쉬었다.

수화기 너머에서 부장이 뭐라고 소리 질렀지만 조금도 신경 쓰이지 않았다.

아침밥을 다 먹자마자 도서관에 갔다. 꼭 확인해야 하는 일이 있다.

야마모토는 대체 누구인가.

만난 지 몇 달째, 동창이라고 착각하기도 하고, 유령이라고 믿기도 하면서 야마모토와 마주했다. 아직도 진짜 대답에는 이르지 못했다. 그러나 대답은 거의 눈앞에 와 있다. 틀림없다.

나는 생각하고 생각한 끝에 야마모토의 말 구석구석으로부터 한 가지 가정을 내 나름대로 도출해 보았다.

　아마도 이게 정답이리라.

　이 가정이 아니면 설명이 되지 않는다. 내 눈으로 확인하고 싶다.

　도서관에 도착해서 '그날' 이후에 발매된 신문과 주간지를 오래된 것부터 차례로 책상 위에 쌓았다.

　그중에서 야마모토 준의 자살에 관련된 기사를 닥치는 대로 찾아보았다. 한 달치 신문을 샅샅이 체크했지만 그런 기사는 어디에도 없었다.

　자극적인 제목이 범람하는 주간지를 처음부터 순서대로 본다. 그리고 일곱 권째의 기사 한 구절에서 드디어 내가 찾는 문장을 발견했다.

　역시 내가 예상한 대로다. 야마모토가 필사적으로 나를 도우려 한 이유를 알았다.

　겹쳐 본 것이다. 내 모습과 '그'의 모습을.

　야마모토가 어떤 심정으로 나와 마주했는지 생각하면 가슴이 옥죄었다.

나는 인터넷 코너로 가서 블로그에 접속했다.

블로그 주인인 '미이'에게 메시지를 보낸다.

고맙게도 바로 답장이 왔다.

메시지를 몇 번 주고받은 끝에 나는 도서관을 뒤로하고 그 걸음으로 도쿄 역으로 향했다.

* * *

고속철을 타고 두 시간 반.

나는 난생처음 오사카 땅을 밟았다.

그곳에서 다시 국철과 지하철을 갈아타고 또 한 시간.

헤맬 것을 각오하고 갔는데, 친절하고 참견 좋아하는 오사카 사람들의 도움을 받아 생각보다 간단히 목적지를 찾았다.

그 집은 무척 훌륭해 보였다. 요새 드문 전통가옥 형태였다.

갑작스러운 방문인 만큼 수상한 사람으로 여겨질까 걱

정했는데, 쉽게 집 안으로 들어갔다.

나는 '미이'가 연락해 준 것에 감사했다.

"불쑥 찾아와서 죄송합니다."

미안해하며 인사하는 나에게, 손님을 맞으러 나온 중년 여성은 상냥하게 고개를 가로저었다.

"아니에요, 그렇지 않아요."

무척 고상하고 예쁜 얼굴이었지만 머리카락은 거의 백발이었다.

"저기…… 먼저 향을 올려도 될까요?"

그녀는 부드러운 미소와 함께 "감사합니다"라며 고개를 숙였다.

내가 영정에 인사를 마치자 그녀는 애틋한 표정으로 말했다.

"둘이 합쳐 순수하고 상냥한 사람이 되라는 생각으로 이름을 붙였어요. 하지만 그 아이는 이름대로 너무 순수했어요."

방 안에는 질 좋은 목제 테이블이 있고 그 앞에는 역시나 고급인 듯한 가죽 소파가 놓여 있었다. 무척 세련된 집이다.

내가 소파에 앉자 그녀는 "집에 대접할 것이 없어서"라며 아름다운 찻잔에 담긴 녹차를 가져다주었다.

나는 감사한 마음으로 차를 마셨다.

그녀는 방에 장식된 사진을 보고 나서 내게 눈길을 주며 "딱 당신이랑 비슷한 또래였죠"라고 말했다. 미소가 쓸쓸해 보였다.

한동안 이런저런 이야기를 나누고서야 그녀는 조금씩 '그'에 대한 이야기를 했다.

"제가 가장 원통한 건 말이죠, 그 아이에게 소중한 것을 가르쳐 주지 못한 일이에요."

그녀는 잠시 눈을 감고 있다가 다시 한 번 사진을 바라보았다.

"도망치는 법을 가르쳐 주지 않았어요. 나는 그걸 깨닫지 못했어요. 그 아이는 어릴 때부터 성실하고 어떤 일이든 열심히 했죠. 나도 남편도 늘 힘내라, 열심히 해라 격려하면서 길렀고요. 괜찮아, 너라면 할 수 있으니까 힘내라고 말이에요."

처음 만났지만, 그녀의 그 눈동자는 왠지 모르게 그리운 느낌이 들었다.

그녀는 이야기를 계속했다.

"그 아이는 익숙하지 않은 환경에서 혼자 애를 쓰고 또 쓰고. 손 쓸 도리가 없는데도 계속 애를 쓰다…… 도망치지도, 앓는 소리를 하지도 못하고 결국 망가져 버렸어요. 어째서 알아채 주지 못했을까요. 지금도 생각해요. 혹시 곁에 있었다면 뭐라도 할 수 있지 않았을까."

그녀의 눈동자에서 그리움이 묻어난 이유를 알았다.

나는 깊은 슬픔으로 얼룩진 이 눈동자와 똑같은 눈빛을 알고 있다.

"가장 마지막에 그 아이와 전화로 이야기했을 때, 내가 말했어요. '괜찮아, 너라면'이라고. 정말로 무책임하죠. 그 아이는 이미 괜찮지 않았는데. 정 안 되겠으면 그만둬도 된다고 말해 주지 못했어요. 그 아이의 괴로움을 알아채 주지 못했어요."

그녀는 손수건을 눈가에 살며시 댔다.

"도망치는 법을 몰랐던 그 아이는 회사를 그만두지도, 누군가에게 상담하지도 못하고 스스로 삶을 마감해 버렸어요."

손수건을 쥔 그녀의 손이 조금 떨렸다.

사랑하는 이를 돕지 못한 원통함과 후회.

그것이 얼마나 깊은지 나는 헤아릴 수조차 없었다. 까딱했으면 내 부모님도 똑같은 일을 겪을 뻔했다. 쥐어뜯고 싶은 쇠책감이 가슴에 가득했다.

나는 작게 숨을 들이쉬고 이야기를 꺼냈다.

"저도 얼마 전까지 준 씨와 똑같은 상황에 처했고, 같은 생각을 하고 있었습니다."

그녀는 손수건을 눈가에 댄 채 나를 보았다.

내 눈에서도 눈물이 나올 것 같아서 필사적으로 참으며 이야기했다.

"열심히 하고 싶은데 어쩌면 좋을지 모르겠고, 잘하기는커녕 열심히 하려고 하면 할수록 헛돌기만 하고, 너무 괴로운데 회사를 그만둘 용기는 없었어요. 예전에 아버지가 다니던 회사가 도산한 적이 있어요. 그 경험까지 더해져 회사를 그만두면 끝장이라고 생각했죠. 유명한 기업에 들어간 사람이 부러웠어요. 만사가 다 안 풀려서 정말 너덜너덜해졌죠."

그녀는 이해한다는 듯 고개를 끄덕이며 들어 주었다.

"하지만 저는 그 친구를 만나 변했습니다. 그 친구가 바꿔 주었습니다. 제게 가르쳐 주었어요. 정말로 소중한 것이 무엇인지."

여기까지 말하고 나는 차를 벌컥벌컥 마셨다.

그녀가 정성껏 내려 준 차는 식어 버렸어도 따스하고 상냥한 맛이 났다.

"불쑥 실례되는 질문입니다만……."

나는 결심을 하고 물었다.

"준 씨의 묘는 도쿄에 있습니까?"

그녀는 조금 놀란 표정으로 말했다.

"예, 맞아요. 사실 우리 부부도 그 일이 있은 뒤 바로 도쿄로 돌아갈 예정이었어요. 하지만 남편 일 때문에 조금 더 이쪽에 머물러야만 해서……. 준의 곁에서 살고 싶지만요."

그래, 그런 거였어.

수수께끼 하나가 풀렸다.

그녀는 계속 이야기했다.

"하지만 도쿄에는 그 아이가 있으니까 준도 외롭지 않겠죠."

쓸쓸히 웃는 그녀를 보며 나도 미소 지었다.

"그러게요. 분명히 괜찮을 겁니다."

그녀는 다시 천천히 이야기를 시작했다.

"그 아이가 집에 돌아오지 않게 된 것은 제 탓이에요. 내가 정신적으로 약해져 버려서 줄곧 우울해했거든요. 준과 똑같은 얼굴을 한 그 아이를 볼 때마다 준이 떠올랐어요. 너무 괴로워서 나는 늘 울고만 있었어요. 정말로 바보죠. 결국 소중한 존재를 둘이나 내 손으로 상처 입히고 말았어요."

나는 아무 대답도 할 수가 없었다.

그녀는 침통한 내 표정을 보고 일부러 조금 밝은 목소리로 말했다.

"그 아이에게서 가끔 메일이 와요. 하지만 엄청 일방적이죠. 건강하게 지내니까 걱정하지 말라는 말뿐이에요."

나도 조금 밝게 웃었다.

"하하, 그 친구답네요."

"지금의 직장도 주소도 심지어 전화번호조차 가르쳐주지 않아요. 너무하죠?"

그녀는 쓸쓸하게 웃었다.

"그러니까 그 아이가 지금 어디에서 뭘 하며 사는지, 어떤 인생을 보내고 있는지 나는 전혀 몰라요."

이렇게 말하더니 그녀는 빈 내 찻잔에 따뜻한 녹차를

따라 주었다.

　새로 내려 준 녹차를 맛있게 마시고 담소를 조금 나눈 뒤 나는 자리에서 일어나기로 했다.

　"오늘은 갑작스럽게 찾아와서 죄송합니다. 많은 이야기를 나눌 수 있어 좋았어요. 감사합니다."

　"나야말로 당신을 만나 반가웠어요. 마음 놓았어요. 이렇게 좋은 친구가 있다면 아마도 괜찮겠죠. 일부러 오사카까지 와 주다니 정말 고마워요. 준도 기뻐할 거예요."

　처음으로 그녀는 진짜로 기쁜 듯한 미소를 보였다.

　나는 자세를 바로잡고 그녀의 눈을 똑바로 보며 말했다.

　"아뇨, 감사 인사를 할 사람은 접니다. 어머님께서 키우신 아이가 제 목숨을 구했어요."

　눈동자가 촉촉하게 젖은 그녀에게 나는 계속해서 말했다.

　"그 친구는 이름대로 순수하고 상냥해요. 그리고 무척 강하죠. 주제넘게 준 씨 몫까지 힘내겠다는 말은 못 하지만, 저도 그 친구도 앞으로도 열심히 살아갈 겁니다."

준과 그 녀석의 어머니는 흘러넘치는 눈물을 손수건으로 훔치며 자그마한 목소리로 "고마워요"라고 중얼거렸다.

11월 15일
화요일

점심 전에 느긋하게 일어나 휴대전화를 들었다. 부재
중통화가 일곱 건. 모두 회사에서 온 전화다.

샤워를 한 후 팬티 바람으로 늦은 아침밥을 먹고는 양
복으로 갈아입었다.

어두운 남색에 가는 줄무늬가 들어간 양복에, 가장 좋
아하는 하늘색 넥타이를 맸다.

거울 앞에서 머리에 왁스를 바르고 가볍게 세팅했다.

번쩍번쩍 닦은 가죽구두를 신고 서류를 넣은 가방을
들고 씩씩하게 집을 뛰쳐나왔다.

직장 근처 카페에 도착한 나는 2층 자리로 야마모토를 불러냈다. 야마모토는 평소처럼 흔쾌히 와 주었다. 가게에 나타난 야마모토는 내 모습을 발견하고는 웃는 얼굴로 달려왔다.

"뭐야, 오늘은 이르네."

"아, 오늘은 쉬는 날이야."

"쉬는 날? 그런데 왜 정장을 입었어?"

"그건 됐고."

"에, 그게 뭐야."

야마모토가 주문한 아이스커피가 나왔다. 나는 가볍게 기침하고 말했다.

"오늘은 너한테 하고 싶은 말이 있어서."

"뭐야, 뭐야. 새삼스럽게."

나는 등을 곧게 펴고 큰 소리로 말했다.

"여러모로 고마웠다!"

느닷없이 고개를 숙인 나를 보고 야마모토는 어찌할 바를 몰라 했다.

"야, 야, 뭐야! 그만해. 부끄럽잖아."

내가 고개를 들자 야마모토는 쑥스러워하는 웃음을 지으며 "이상한 녀석이라니까"라며 머리를 긁적였다.

나는 개의치 않고 계속 말했다.

"정말로 고마워. 필사적으로 나를 도와준 거. ……친구가 되어 준 거."

"그건 서로 마찬가지잖아. 나도 도쿄에서 친구가 없었는데 다행이야."

야마모토가 씩 웃었다.

나는 그 웃는 얼굴을 볼 수 있음에 만족하고 본론을 꺼냈다.

"그래, 가방이었어."

나는 씩 웃었다.

"처음에는 무슨 소리인지 도통 몰랐어."

야마모토는 말없이 살짝 쓴웃음을 지었다.

"처음에 갔던 다이료에서였구나."

내가 야마모토에게 가방을 맡긴 것은 이전에도 이후에도 한 번뿐이다. 그리고 가방 안에는 내 신분을 드러내는 물건이 잔뜩 들어 있었다.

쓴웃음을 짓고 있던 야마모토의 입가가 씩 하고 일그러졌다.

정답인 모양이다.

이 녀석은 정말이지…….

그때 그 순간부터 이미 야마모토는 '어떻게 해서든 나를 돕겠다'고 결의한 것일까.

우리는 한동안 견제하듯이 서로를 바라보았다. 그리고 동시에 풋 하고 웃었다.

커피를 천천히 마신 나는 다시 마음을 가다듬고 물었다.

"너희 부모님은 원래 오사카 분이셔?"

갑작스러운 내 질문에 야마모토는 조금 놀라며 대답했다.

"뭐야 갑자기. 아버지는 원래 오사카 사람이지만 어머니는 도쿄 사람이야."

"그럼 이사한 이유는 아버지의 일 때문인가?"

"응, 그것 때문이지……."

의아한 표정을 짓는 야마모토에게 나는 캐물었다.

"야마모토는 언제 도쿄로 돌아왔어? 초등학교 4학년 때 오사카로 이사한 거지?"

"음…… 다 커서 왔지."

"다 커서라면 대학 때문에?"

"뭔데, 신변 조사야? 아직도 내가 유령 같아?"

야마모토는 씩 웃었다.

"왠지 나랑 처지가 비슷해서."

"너랑?"

"응. 나도 고등학교만 야마나시 현에서 다니고 다시 도쿄로 돌아왔거든."

"그러냐."

"아버지가 일하던 회사가 망했어. 그래서 고등학교는 부모님 고향 집이 있는 야마나시 현에서 다녔지."

"그랬구나."

"나, 부모님께 엄청 심한 소리를 했어."

야마모토는 묵묵히 아이스커피가 든 잔을 입으로 가져갔다.

"아버지가 직업이 없는 애는 반에서 나밖에 없다고. 다들 평범하게 회사를 다니는데 왜 당연한 걸 못하느냐고."

가슴이 옥죄는 것 같았다.

"하지만 아버지는 전혀 화내지 않았어. 화내기는커녕 이사한 날에 미안하다고 하셨어. 그런데 그게 더 분했지. 그런 아버지의 모습을 보고 싶지 않았어. 어머니한테도 왜 이런 한심한 사람이랑 결혼했냐고 뭐라고 했어. 자식을 고생시키지 말라고. 나란 놈 정말 최악이야."

나는 웃었다. 하지만 내 웃는 얼굴은 무척 슬픈 표정이었을 것이다.

"아무리 떠올려 봐도 나는 고생 한번 하지 않았어. 지금 생각해 보니 월급이 적어져도 괜찮았더라면 아버지는 도쿄에서도 직장을 구할 수 있었을 거야. 하지만 그러지 않았던 이유는 아마도 나를 대학에 보내기 위해서겠지. 야마나시 현의 고향 집으로 돌아가면 금전적으로는 상당히 여유가 생기니까. 3년 동안 내가 대학에 갈 수 있을 만큼 비용을 모아 주신 거야."

야마모토가 빨대로 잔을 휘젓는 달그락달그락 소리가 가게 안에 울려 퍼졌다.

"미안, 나 혼자 떠들었네."

"아니, 신경 쓰지 마."

야마모토는 미소 지으며 대답했다.

"너도 오사카로 한 번 이사했다가 다시 도쿄로 돌아온 게 비슷하구나 했어. 그래서 마음이 맞았나?"

"아니, 마음이 맞은 건 우리의 만남이 운명이었기 때문이야."

"우웩."

내가 일부러 장난스럽게 대꾸하자 야마모토도 살짝 웃었다.

"그러니까"라고 내가 말을 이었다.

"그러니까 나도 네 마음을 이해할 수 있겠구나 했어. 앞으로…… 그게……."

말문이 막힌 나를 야마모토는 왜 그러냐는 표정으로 고개를 갸웃거리며 바라보았다.

"그게, 그러니까…… 나도 야마모토에게 힘이 될지도 모르고, 혹시, 혹시 너한테 무슨 일이 있을 때나, 그리고 그냥 이야기를 하고 싶을 때나……. 아무튼 뭐든 좋아!"

마지막에는 화난 듯한 말투가 되어 버려서 나는 쑥스러움을 얼버무리듯이 다 식어 버린 커피에 손을 뻗었다.

"고맙다, 다카시."

고개를 들자 야마모토의 상냥한 눈동자가 있었다.

평소 짓는 밝은 웃음과는 또 다른 따스한 눈동자.

가끔 이 눈동자가 보일 때마다 나는 깜짝 놀라 숨이 멎는다.

마음을 들킨 것만 같아 나는 얼버무리듯이 말했다.

"근데 아이스커피를 마시기에는 이제 춥지 않아? 아니

면 유령은 추위에 강한가."

내가 씩 웃자 야마모토도 조용히 웃었다.

야마모토에게 내 마음이 조금은 전해졌을까.

아니면 이상한 소리를 마구 지껄이는 녀석이라고 생각
하고 있을까.

전자라면 그보다 기쁜 일은 없다. 그러나 표정이 풍부
해서 오히려 포커페이스로 보이기도 하는 이 남자의 속
내를 나는 아직 헤아릴 수 없다.

하지만 언젠가 반드시……

"무슨 생각을 해?"

그 목소리에 화들짝 놀라 정신을 차려 보니 야마모토
는 평소 얼굴로 싱글거리며 나를 보고 있었다.

"저기, 불러내 놓고 미안한데……."

나는 조금 긴장하며 말했다.

"여기서 잠깐 기다려 줘."

"나야 괜찮긴 한데, 무슨 일이야?"

"아니, 대단한 일은 아닌데……."

나는 자리에서 일어나 크게 숨을 들이쉬고 나서 웃는
얼굴로 똑 부러지게 말했다.

"지금 회사 좀 관두고 올게."

순간 야마모토는 눈을 동그랗게 뜨더니 이내 씩 웃었
다. 그러고는 특기인 치약 광고 미소를 지은 채 엄지를
척 들었다.

나도 치약 광고 미소를 흉내 내 씩 웃고 엄지를 들었다.

등을 돌려 걸어가려다가 마음을 바꿔 뒤를 보았다.

"아, 맞다. 이미 들켰어, 네 정체. 정말로 거짓말만 하는
구나."

나는 씩 웃었다.

"꼭 기다려! 야마모토…… 유!"*

* * *

회사 현관을 지나 성큼성큼 다리를 크게 벌려 복도를
쿵쿵거리며 걸었다.

---

* '준(純)'은 순수(純粹), '유(優)'는 상냥하다(優しい)에서 따온 이름이다. / 옮긴이

스쳐 지나는 사람들이 내 모습에 놀라서 모두 복도 끝으로 피한다. 그 광경이 어쩐지 우스웠다.

나는 낯익은 사무실 문을 걷어찰 기세로 밀어젖혔다. 너무 활짝 열린 문이 벽에 부딪히는 바람에 쾅 하고 둔탁한 소리가 울려 퍼졌다.

사무실에 있는 모든 사람이 일제히 내 쪽을 본다. 가장 안쪽 자리에서 부장이 눈을 동그랗게 뜨고 있다. 그러나 다음 순간 분노를 터뜨렸다.

"너 이 자식, 시끄럽잖아! 이 시간에 뭐하러 왔어!"

나는 침착하게 말했다.

"늘 시끄러운 사람은 댁이야."

사무실이 찬물을 끼얹은 것처럼 조용해졌다. 나는 다들 일제히 숨을 멈춘 걸 알았다.

부장은 벌써 이마에 핏대를 올렸다. 입술을 부들부들 떨면서 나에게 다가온다.

"갑자기 쉬어 놓고 이게 무슨 태도야."

쥐 죽은 듯 고요한 사무실에 부장의 억누른 목소리가 도리어 위협적으로 울린다. 숨소리까지 똑똑히 들렸다.

사무실 사람들은 잔뜩 겁먹은 얼굴이었지만 신기하게도 나는 아무렇지도 않았다. 당장에라도 혈관이 터질 것

같은 부장이 호러 영화처럼 다가와도 무섭기는커녕 우스
꽝스럽게 비쳐서 웃음을 참느라 고생했다.

부장이 충분히 다가오기를 기다렸다가 나는 카랑카랑
한 목소리로 선언했다.

"저는 오늘로 회사를 그만두겠습니다!"

나의 후련한 표정과는 대조적으로 부장의 표정은 무척
이나 갑갑했다.

"하! 그러니까 요새 놈들은 쓸모가 없는 거야! 이놈이
고 저놈이고 눈곱만 한 자긍심도 없지! 평생 패배자로 살
아도 되나! 넌 정말 싸구려 인생이로군! 아무 일도 안 해
놓고 그만둘 거면 월급 도로 뱉어! 회사에 손해나 끼치
고! 배상해! 소송하겠어, 이 도둑놈아! 다들 죽기 살기로
일하는 와중에 잘도 그딴 소리를 지껄이는군! 그러고도
인간이냐!"

입에서 온갖 말을 뱉어 내면서 미친 것처럼 짖어 대는
부장을 나는 용케 계속 숨을 쉬는구나, 감탄하면서 바라
보았다.

부장이 말을 전부 마치고 숨을 헉헉거리는 것을 확인
한 후 나는 냉정하게 말했다.

"인간의 마음이 없는 놈에게 인간이 뭔지 설교를 들을 생각은 없는데."

부장이 "아아아아!" 하고 소리를 질렀다. 지금까지 살면서 한 번도 들은 적 없는 기괴한 소리였다.

"소송 걸 거면 거세요. 저도 지금까지 한 불법 노동이 산더미 같으니까요. 법정에서 잘잘못 한번 따져 볼까요? 사원을 부속품으로밖에 생각하지 않는 회사에 더 이상 볼일 없습니다."

담담히 이야기하는 나에게 부장은 더 소리 질렀다.

"너는 사회를 몰라! 이런 일로 좌절하는 놈은 말이지, 살면서 뭘 해도 글러먹게 돼 있어!"

호흡 곤란 직전까지 몰리면서도 어째서 저렇게 외치고 싶은 걸까.

게다가 생판 모르는 남이 내 인생에 대해 왜 이러쿵저러쿵 훈수를 두는 걸까.

내 인생에 참견할 수 있는 사람은 진심으로 나를 걱정해 주는 사람뿐이다.

기어코 나에게도 분노가 부글부글 치밀어 올랐다.

내가 입을 다물자 겁먹었다고 착각했는지 부장이 사람을 바보 취급하는 얼굴로 지껄였다.

"어차피 너 같은 놈은 평생 패배자로 끝나는 거야!"

그 순간 내 안에서 무언가가 폭발했다.

"내 인생을 댁이 이러쿵저러쿵하지 마!"

내 고함에 부장이 순간 입을 다물었다.

"내 인생은 댁을 위해 있는 것도 아니고, 이딴 회사를 위해 있는 것도 아니야. 내 인생은 나와 내 주변의 소중한 사람들을 위해 있는 거라고!"

이렇게 말하면서 나는 이 사람이 정말 불쌍해서 마음이 아파졌다.

"패배자, 패배자. 대체 뭐에 졌다는 거지. 인생의 승패는 남이 결정하는 건가요? 인생은 승패로 나누는 건가요? 그럼 어디부터 승리고 어디부터 패배인데요? 자신이 행복하다면 그걸로 된 거죠. 나는 이 회사에 있어도 나 자신이 행복하다고 생각되지 않아요. 그러니까 그만둡니다. 단지 그뿐이에요."

나는 말을 계속 이었다.

"애초에 이렇게 이직률이 높은 회사가 계속 버틸 거라고 진심으로 생각하나요? 참고 또 참다가 도산해서 퇴직금도 못 받으면 아무리 후회해도 모자라요. 이상한 건 이상하다고 똑바로 말하지 않으면 회사는 성장하지 않습니다. '나 때는 이랬으니 너도 이래라'가 아니라 시대에 맞춰 반드시 변화해야 합니다. 사람도 제도도 변해야만 한다고요."

다소 흥분이 가라앉은 부장이 숨을 고르면서 나직한 목소리로 말했다.

"요즘 같은 시대에 그만두고 간단히 다음 직장을 구할 것 같나. 인생은 그렇게 쉽지 않아."

나는 부장을 똑바로 바라보며 대꾸했다.

"간단하지 않아도 됩니다. 오히려 간단하면 안 되죠. 저는 이 회사를 너무 간단히 골랐어요. 시간이 걸리는 게 무서웠고, 날 받아 주는 회사라면 어디든 좋았어요. 하지만 직장을 그런 마음으로 결정하면 안 되는 것이었어요. 다음에는 정말로 하고 싶은 일을 찾을 거예요. 시간이 걸려도 괜찮아요. 사회적 지위 따위 없어도 돼요. 설령 백수로 살더라도 마지막에 내 인생을 후회하지 않을 만한 길을 찾아내겠어요."

아무도 입을 열지 않는 이상한 공간에서 나는 부장에게 한 걸음 다가갔다.

"부장님, 지금 행복하세요? 아니죠? 행복하게 일한다면 그렇게 날마다 소리를 지르지 않겠죠."

부장은 이를 악문 채 아무 대답도 하지 않았다. 나는 사무실 사람들 쪽으로 몸을 돌렸다.

"여러분은 지금 행복하세요? 영업 실적을 서로 빼앗고 아무도 믿지 못하면서 한계치까지 일하며 사는 데 만족하세요?"

몇 명은 시선을 피하고 몇 명은 가만히 나를 쳐다보았다. 그중에는 이가라시 선배의 모습도 보였다.

많은 시선 속에서 나는 목소리를 짜냈다.

"나는 세상을 바꿀 수 없습니다!"

다들 잠시 숨을 멈추는 것을 알 수 있었다.

"바꾸기는커녕 이 사회 하나, 이 부서 하나, 마주한 사람 한 명의 마음조차 바꿀 수 없는, 이토록 보잘것없고 장점 하나 없는 인간이 나예요."

어느새 눈물이 치밀어 올랐다.

"하지만 이런 나라도 한 가지만은 바꿀 수 있어요. 바로 내 인생입니다. 자신의 인생을 바꾸는 것은 어쩌면 주변의 소중한 누군가의 인생을 바꾸는 것과 이어져 있는지도 모릅니다. 그걸 깨닫게 해 준 사람이 있어요. 제게는 친구도 있어요. 걱정해 주는 부모님도 계세요. 아직은 나 자신이 무엇을 하고 싶은지도 뭘 할 수 있는지도 모르겠어요. 하지만 뭘 하더라도 좋아요. 그저 웃으면서 하고 싶은 일을 하며 살아갈 겁니다. 스스로에게 거짓말하지 않으며 살아갈 겁니다. 부모님을 소중히 여기며 살아갈 겁니다. 그것만으로 충분해요. 지금의 제게는 그것이 전부입니다."

이야기를 전부 마치고 몸을 깊이 숙여 인사했다.

"지금까지 신세 많이 졌습니다."

얼이 빠진 사람, 어이없다는 표정을 지은 사람, 그리고 틀림없이 무언가를 느낀 사람. 갖가지 시선 속에서 나는 생긋 미소 지었다.

"제가 반년 동안 방문한 기업에서 들은 것을 정리한 자료예요. 필요하면 마음껏 쓰세요."

나는 가방 안에서 자료를 꺼내 책상에 탕 하고 얹었다.

마지막으로 중요한 것을 전해야 한다.

내가 다시 한 번 부장에게 다가가자 부장은 몇 발자국 뒤로 물러났다.

"부장님, 유급 휴가는 다 쓰겠습니다. 주어진 권리니까요. 불법 노동은 이제 넌더리가 납니다."

부장은 눈을 까뒤집고 "너, 너……" 하고 사람 말소리 같지 않은 소리를 냈다.

"최소한 법은 지켜야죠. 이 회사를 진심으로 생각한다면 먼저 그 점부터 바꾸세요. 모두가 건강하고 즐겁게 일할 수 있게 말이죠. 그럼 실례하겠습니다."

나는 발길을 돌리고 출구로 향했다. 그때 뒤에서 목소리가 들렸다.

"아오야마!"

이가라시 선배였다.

멈추어 선 나에게 선배가 말했다.

"……힘내."

나는 앞을 본 채 웃는 얼굴로 대답했다.

"네! 감사합니다!"

언젠가 또 만나기를 바라며.

* * *

회사 현관을 나서자마자 맹렬하게 달렸다. 무거운 짐을 쏟아 버리고 텅 빈 가방을 붕붕 흔들면서.

몸이 깃털처럼 가볍다. 자연히 껑충껑충 날아오를 듯한 기세다. 스쳐 지나는 사람들이 얼굴을 돌려 나를 쳐다보지만 조금도 신경 쓰이지 않는다.

나는 자유다. 두 번 다시 그곳으로 돌아갈 일은 없다.

건널목 건너편에 야마모토가 기다리는 카페가 보인다.

입구로 뛰어들어 헐레벌떡 2층으로 달려 올라갔다. 헉헉 숨을 헐떡이면서 아까 앉았던 창가 자리를 보았다. 그러나 그곳에 야마모토의 모습은 없었다.

"어라? 이상하네."

화장실에라도 갔나. 기다리다 지쳐 먼저 돌아가 버린 건가.

숨을 가다듬으며 두리번거리는데 종업원 한 사람이 나에게 다가왔다.

"실례합니다. 아오야마 씨이신가요?"

나는 의아해하며 대답했다.

"네, 그런데요……."

"메모를 맡아 두었습니다."

종업원은 작게 접힌 메모지를 나에게 건넸다.

영문을 모른 채 메모를 받아들자 종업원은 가볍게 인사하고 돌아갔다.

불길한 예감이 들었다.

손바닥 위에 놓인 작게 접힌 메모지를 가만히 응시한다.

직감적으로 생각했다. 펼치고 싶지 않다.

그 녀석이 앉아 있던 창가 자리에는 커피가 조금 남은, 잔이 아직 놓여 있다. 얼음이 녹아 간다.

바로 직전까지 여기에 있었던 것일까.

창문으로 내가 방금 건넌 건널목이 내려다보였다.

이 창문으로 보고 있었을까.

바보처럼 가방을 휘두르며 달려오는 내 모습. 어떤 얼굴로 보고 있었을까.

나는 손바닥에 메모지를 둔 채 그 자리에서 벌떡 일어났다.

이것을 펼치면 다시는 그 녀석과 만날 수 없다······.

그런 예감이 들었다.

느닷없이 승강장에서 나타나 내 마음속에 들어온 그 녀석.

사람 인생을 바꿀 대로 바꾸고 말없이 어딘가로 가 버린 건가?

이제부터 내가 너를 구하려고 했건만…….

어째서 홀로 살아가려 하는 거야.

너는 누가 구해 줄 거야.

야마모토.

너도 행복해질 권리가 있어.

나는 손바닥 위에 놓인 작은 종이를 줄곧 응시했다.

11월 21일
월요일

　오전 9시 3분, 회색 양복으로 넘쳐 나는 승강장은 오늘도 역시 조용하다. 나도 다를 바 없이 조용히 책을 읽었다. 줄곧 신경 쓰였던 상대성이론. 읽고 있어도 좀처럼 이해가 되지 않지만 어쩐지 아인슈타인이 하고 싶은 말을 알 것 같아졌다. 요컨대 기분 문제라는 소리인가?

　그때 예감대로 그 뒤로 한 번도 야마모토를 만나지 못했다. 휴대전화에는 아직 야마모토의 이름이 남아 있다. 그러나 걸어도 허무한 음성이 들릴 뿐이다.

─ 지금 거신 전화번호는 현재 없는 번호입니다……

정말이지 빈틈없는 녀석이다.

직장을 그만두고 한 가지 깨달은 점이 있다.

직업이 없으면 역시 불안하다.

당연한 일이지만, 수입이 사라졌다는 불안감은 상상 이상이었다.

그만두고 느긋하게 있을 수 있었던 것은 겨우 며칠, 그 뒤로는 날마다 불안감이 커졌다. 취업사이트를 종일 바라보고 있으면 빨리 직장을 구해야 한다고 내몰리는 기분이었다.

그러나 그렇게 어중간하게 일을 시작해 버리면 이번에 그만둔 의미가 없다. 정말로 일하고 싶어지는 장소를, 정말로 하고 싶어지는 일을 찾아야 한다. 그런데 생활하려면 집세와 식비가 든다.

나는 먼저 단기 파견직이나 아르바이트 자리를 구해서 적금을 깨지 않아도 생활할 수 있는 최소한의 비용을 벌기로 했다. 지금까지처럼 빡빡하게 일하는 것이 아니라 하고 싶은 일을 찾으면서 일하려 한다. 자아 찾기와 아르바이트를 반반 비율로 한다고 생각하면 된다.

그래도 역시 불안은 따라다닌다. 아마도 무직 기간이 길어질수록 재취직에 불리하리라.

인생은 정말 장난이 아니다. 나도 모르게 하늘을 올려다보았다.

이 승강장 색깔과는 어울리지 않게 상쾌하도록 맑은 푸른 하늘을 향해 실눈을 지었다.

그리고 크게 심호흡했다. 오늘도 하루가 시작된다.

오른쪽 옆에서 어떤 아저씨가 미간에 주름을 모으고 신문과 눈싸움을 하고 있다. 마치 오늘부터 일주일간 벌어지는 전투에 임하는 전사 같다. 그 뒤에는 커다란 가방을 어깨에 멘, 직장인인 듯한 여자. 영업 직원일까. 하이힐을 신고 걸으려면 힘들겠지.

여기에 있는 사람들 역시 모두 저마다 무거운 생각을 짊어지고 살아간다.

그렇게 생각하자 내 인생과 관계없는 주위 사람들에게도 조금쯤 상냥해질 수 있을 것만 같았다.

문득 왼쪽 옆을 보았다. 고등학생 같은 소년이 어째 멍한 표정으로 줄 맨 앞에 서 있다.

벌써 9시인데 이제야 학교에 가나? 지각이라도 했나?

어쩐지 신경 쓰였다.

이 옆얼굴, 어딘가에서 본 적이 있다.

가슴속을 꽉 옥죄는 듯한 무겁고 깊은 아픔을 느꼈다.

그렇다, 이 얼굴은…….

그때의 나다.

다음 순간 소년의 몸이 선로 위로 휘청 기운다.

나는 팔을 최대한 뻗어서 미덥지 않게 가녀린 소년의 팔을 잡고 혼신의 힘을 다해 끌어당겼다.

그대로 둘이 함께 승강장에 엉덩방아를 찧듯이 쓰러졌다. 무시무시하게 큰 경적 소리가 승강장 안에 울려 퍼졌다.

심장이 벌렁벌렁 뛰고, 소년의 팔을 잡은 오른손이 덜덜 떨렸다. 소년이 눈물이 가득 괸 눈동자로 나를 쳐다보았다.

나는 하얀 치아를 드러내고 씩 웃어 보였다.

떨리는 목소리로 말했다.

"오랜만이구나……! 나, 나야…… 야마모토!"

나는 순간적으로 그 녀석의 이름을 꺼냈다. 그리고 왼손으로 바지 주머니를 꽉 쥐었다. 주머니 안에는 그날의 작은 메모지가 들어 있다.

'인생이란 그렇게 나쁘지만은 않지?'

야마모토, 나도 이 아이에게 똑같은 말을 전할 수 있을까.

12월 24일
화요일

어젯밤 잘 손질한 가죽 구두가 번쩍번쩍 윤을 낸 복도를 찬다. 또각또각 일정한 리듬으로 울리는 이 소리를 듣자, 아아, 돌아왔구나 싶다.

오랜만의 직장이다.

앞쪽에서 낯익은 얼굴의 여자가 걸어왔다. 한눈에 누군지 알 수 있는 새하얀 유니폼을 입었다. 그녀는 내 모습을 보고 생긋 웃는다. 무척 보기 좋은 미소다.

"시험 합격했다면서요! 축하해요."

나도 씩 웃었다.

"드디어 정식 직함을 손에 넣었네요. 니트 탈출인가."

"니트라뇨. 하지만 앞으로도 계속 프리랜서로 일할 수 있죠?"

"그렇죠. 뭐든 자유로우니까요."

"좋겠다. 부러워요. 프리랜서 임상심리사라니 완전 멋져요."

"일에 지치면 말해요. 이야기라면 언제든 들어 줄게요."

"그렇게 되지 않도록 쉴 때는 확실히 쉴 겁니다아."

그녀는 농담처럼 대답하더니 특기인 수다를 이어 갔다.

"그러고 보니 오늘부터 새로운 심리상담사가 연수하러 오나 봐요."

"이 시기에? 별일이네요."

"병원이 아니라 취업센터에서 일하고 싶어 하는 것 같아요. 먼저 여기서 경험을 쌓아 보고 싶대요."

"그런 것까지 파악하다니, 여전히 정보가 빠르네요."

내가 솔직히 감탄하자 그녀는 씩 웃었다.

"이쯤은 아는 게 당연해요. 간호사의 정보망이 어떤 수준인데요. 조심하셔야 할걸요."

"아이고, 무서워라."

나는 호들갑스럽게 눈살을 찌푸렸다.

서로 마주 보고 웃은 뒤 그녀는 진지한 표정으로 말했다.

"요새 심리상담사의 활동 장소가 점점 늘어나고 있어요."

그만큼 모두 병들어 있다는 소리인가. 정말 살아가기 힘든 세상이다.

"그렇죠. 사실 이런 직업이 없어도 되는 세상이 이상이지만, 그렇게 될 수는 없으니까요."

"경찰과 마찬가지죠. 궁극적으로는 경찰이 필요 없는 세상이 되면 좋겠지만, 그렇게는 안 되죠."

"와, 좋은 비유네요."

내 반응에 그녀는 만족스럽게 생글생글 웃었다. 그러다 멀리서 수간호사의 모습을 발견하고 아차 싶은 표정을 지었다.

"너무 땡땡이치면 혼나니까 돌아갈게요."

그녀는 다시 한 번 생긋 웃은 다음, 씩씩한 걸음으로 사라졌다.

마주하는 상대방의 표정은 자신의 표정을 비추는 거울이라고 하는데, 웃는 얼굴이 근사하다는 것은 그것만으로 엄청난 재능이다. 그런 의미로도 그녀는 이 일과 잘

맞다.

세상에서 자신에게 맞는 직업을 만나는 사람은 아주 운이 좋은 부류다.

꿈을 포기하거나, 좌절을 되풀이하며 자신의 가능성을 찾아내지 못한 채 일생을 마치고 마는 사람도 적지 않다. 그리고 천직을 만난 사람도, 만나지 못한 사람도 모두 시행착오를 겪으면서 발버둥치고 괴로워하며 살아가리라.

지금도 떠오른다. 준이 마지막에 한 말.

"이제 괜찮아. 걱정 끼쳐서 미안해."

억지로 지은 슬픈 미소.

그 얼굴이 잊히지 않는다.

그렇게 말한 이튿날 녀석은 회사 옥상에서 뛰어내렸다.

그때 억지로라도 일을 그만두게 했어야 했다.

어째서 돕지 못했을까.

그 녀석을 구할 만한 말이 있었을 텐데.

지금도 악몽에 시달린다.

나는 옥상에 서 있는 준을 잡으려고 손을 뻗는다. 준은 내 손 사이로 빠져나가 떨어진다. 슬픈 미소를 지은 채 캄캄한 어둠 속으로 빨려 들어간다.

　똑같이 생명을 나눠 가지고 태어났건만.

　준을 이해해 줄 사람은 나뿐이었건만.

　우리는 정말로 똑 닮았다. 부모님조차 착각할 정도로
똑 닮았다.

　준이 죽고 나는 거울을 보지 못하게 되었다. 아침마다
세수하며 거울을 볼 때마다 그 녀석이 말을 걸어오는 것
같아서, 그 슬픈 눈동자로 바라보는 것 같아서…….

　미칠 것 같아서 화장실 거울을 깨 버렸다.

　그로부터 5년이 지난 지금은 간신히 거울은 볼 수 있
게 되었다.

　여전히 의식하지 않다가 불쑥 내 모습이 비치면 심장
이 쿵쾅쿵쾅 날뛴다. 길모퉁이 쇼윈도에, 훌쩍 들른 카페
의 벽거울에, 시야에 들어온 차창 유리에 느닷없이 비친
내 모습을 발견하고는 놀라 숨을 멈추고 그 자리에 선다.

　세면대 거울은 볼 수 있게 되었더라도 그 버릇은 여전
히 고치지 못했다.

　나는 평생 이런 마음을 짊어지고 살아가겠지. 몇 사람

을 도와준다 해도 준은 이제 돌아오지 않는다.

나는 세상을 바꿀 수 없다.

그러나 내 눈에 띈 사람만이라도 어떻게든 구하고 싶다.

이런 생각은 나의 이기심일까.

내가 하는 일은 자기만족에 지나지 않는 것일까.

"벌써 2년이 지났나……."

무의식중에 목소리가 흘러나왔다. 2년 동안 한순간도 잊지 못했다.

'그'는 지금쯤 무얼 하고 있을까.

나는 정말로 그를 구했을까. 불안할 때도 있다.

하지만 마지막 날 껑충껑충 뛰어가던 그를 떠올리면 아마도 괜찮을 거라 믿는다. 정장을 입고 가방을 휘두르며 껑충껑충 건널목을 건너는 남자는 처음 보았다.

그 모습을 떠올리고 나도 모르게 쿡쿡 웃었다.

그의 가벼운 발걸음은 내 마음을 치유해 준다. 그는 나에게 '문득 떠올리면 웃음이 나는' 작은 행복을 남겨 주었다. 그런 그에게 내가 남긴 것은 자그마한 메모였다.

그 메모가 약간이라도 그의 버팀목이 된다면 그때 내가 한 일은 아마도 의미가 있었으리라.

이 세상에서 살아가기 위해서는 누구나 일을 해야 한다. 보람 있는 일만 있는 것은 아니다. 부당한 일도 잔뜩 있다. 그때마다 다들 일을 그만둔다면 사회가 흔들릴지도 모른다. 하지만 사회를 위해 사람이 희생하는 일은 결코 없어야 한다.

누구든 행복해질 기회는 돌아온다.

설령 그 기회를 전부 깨닫지 못하더라도 한 번쯤은 인생을 바꿀 타이밍을 찾을 수 있으리라.

그 타이밍을 붙잡을 수 있을 것인가, 없을 것인가.

어쩌면 그것은 그때 그 사람 곁에 있는 '누군가'가 건네는 말에 크게 좌우된다.

아버지도 어머니도 나조차도 준을 구해 주지 못했다.

그래도 언젠가 몇 십 년쯤 지나 저세상에서 준과 다시 만난다면 나는 준에게 말을 건넬 수 있을까.

"유 선생님, 안녕하세요!"

귀여운 목소리에 나는 퍼뜩 정신을 차렸다. 이제 막 초등학생이 된 여자아이가 엄마 손을 잡고 서 있었다.

"미쿠, 안녕."

나는 서둘러 웃음을 띠고 여자아이를 보았다.

"엄마, 그거 알아?"

여자아이는 엄마의 손을 잡아당기면서 열심히 말했다.

"유 선생님은 상냥하니까 유 선생님이래."

나는 웃는 얼굴로 말했다.

"선생님은 말이지, 그냥 상냥한 게 아니라 순수하고도 상냥해."

"어머나."

소녀의 엄마가 웃었다.

"순수한 게 뭔데요?"

여자아이가 웃는 얼굴로 묻는다.

"으음, 마음이 깨끗하다는 걸까?"

내 말에 소녀는 콩콩 뛰어오르며 또 물었다.

"미쿠도 순수?"

나와 소녀의 엄마는 얼굴을 마주 보고 웃었다.

"그럼, 미쿠도 순수하고 상냥해."

소녀는 와아 하며 양손을 들고 기뻐하더니 "미쿠도 순수해!"라고 되풀이했다.

그 천진한 모습은 그야말로 순수함 그 자체였다.

"그만 가자."

깡충거리는 여자아이의 작은 손을 잡고 엄마가 발걸음을 재촉했다. 조금 아쉬운 얼굴을 한 여자아이에게 엄마가 비장의 말을 꺼냈다.

"크리스마스 케이크 사서 집에 가야지?"

그 말이 끝나자마자 소녀의 얼굴이 확 빛났다. 그리고 반짝거리는 눈동자로 소녀가 나에게 물었다.

"다음에 유 선생님네 놀러 가도 돼요?"

"응, 좋아. 기다릴게."

여자아이는 활짝 웃으며 나에게 "바이바이"라고 손을 흔들었다.

나도 바이바이 손을 흔들고, 깽깽이걸음을 걷듯 깡충깡충 걷는 여자아이와 엄마의 등을 지켜보았다.

언제까지고 저대로 있어 준다면 좋을 텐데. 이 여자아이도 언젠가 인생의 장벽에 부딪힐 날이 올 것이다.

……아, 이런 비관적인 생각을 하니까 간호사들이 "사람이 가끔 어두워"라고 숙덕이는 거겠지.

혼자 쓴웃음을 지은 그때였다.

"너, 병원에서는 점잖게 말하는구나."

뒤에서 들린 목소리에 나는 고개를 돌렸다. 그리고 내 눈을 의심했다.

얼이 빠진 나에게 목소리 주인이 말을 이었다.

"임상심리사 선생님, 나한테도 구하고 싶은 사람이 있어. 그 사람이 내 목숨을 구해 주었으니까 이번에는 내가 그 사람을 괴로움에서 구해 주고 싶어."

아무 말도 못 하는 나를 백의 차림의 그가 상냥한 눈동자로 응시했다.

"그러니까 많이 가르쳐 주세요, 야마모토 선생님!"

아오야마는 이렇게 말하더니 마치 치약 광고에서처럼 이를 보이며 씩 웃었다.

준.

인생이란 그렇게 나쁘지만은 않아.

처음 뵙겠습니다. 기타가와 에미입니다. 이번에 제21회 전격문고대상이라는 훌륭한 상을 받아 책을 내게 되었습니다. 정말로 감사한 일입니다. 아직 투박한 이 작품을 골라 주신 심사위원을 비롯한 관계자 분들께 마음 깊이 감사드립니다.

갑작스러운 질문이지만, 여러분은 인생에서 무언가로부터 큰 영향을 받은 적이 있습니까?

예를 들어 좋아하는 아이돌의 한마디나, 즐겨 읽는 만화가가 그린 한 컷이나, 존경하는 작가가 쓴 한 구절이나 곁에 있는 소중한 누군가의 말 같은 것으로부터요. 반대로 정말 싫어하는 인간에게 들은 한마디로부터 영향을 받은 사람도 있을지 모르겠네요.

제 인생에 가장 큰 영향을 준 것은 한 권의 소설이었습니다.

마음이 떨렸죠. 나도 이런 소설을 쓰고 싶다…….

그 떨림은, 소설을 쓰고 싶어 하면서도 한 걸음을 내디디지 못하던 제 등을 힘껏 밀어 주었습니다. 그리고 어느덧 미덥지 못한 아오야마와 야마모토가 나타나 기회를 주었네요. 인생이란 무슨 일이 일어날지 모릅니다. 다카시와 야마모토에게 정말로 감사할 따름입니다.

저에게 책은 최고의 오락이고 서점은 놀이공원이나 다름없는 즐거운 장소입니다. 그러한 장소의 일부분을 떠맡고, 만난 적 없는 누군가와 마음을 공유할 수 있다니, 그야말로 꿈만 같은 일이에요. 무척 기쁘지만, 동시에 조금 무섭기도 합니다.

드디어 작가로서 출발 지점에 섰습니다. 자, 앞으로가 본무대입니다. 앞으로 어떤 길을 고를지, 모든 것은 저에게 달려 있습니다. 이게 끝이 되지 않도록 현재의 마음을 잃지 않고 정진하고 싶습니다.

여러분이 서점에서 '아, 이 작가, 『잠깐만, 회사 관두고 올게』를 쓴 사람이지!'라고 생각하실 수 있게끔 말이죠.
그리고 언젠가 '기타가와, 또 너냐!' 하고 웃으실 수 있게
요.

스스로 정한 미션을 하나씩 클리어하면서 천천히 작가
인생을 걸어가겠습니다. 부디 여러분과 함께요.

이 책을 골라 주셔서 정말로 감사드립니다.
조금이라도 즐거우셨으면 좋겠습니다.
그럼 또 만날 날을 진심으로 기원합니다.

기타가와 에미

잠깐만
회사 좀
관두고
올게

초판 1쇄 발행 2016년 1월 5일
초판 5쇄 발행 2017년 10월 24일

지은이 기타가와 에미
옮긴이 추지나
펴낸이 김선식

경영총괄 김은영
기획 이은 **책임마케터** 이보민 **저작권팀** 최하나
콘텐츠개발3팀장 이상혁 **콘텐츠개발3팀** 이은, 윤세미, 심아경
마케팅본부 이주화, 정명찬, 이보민, 최혜령, 김선욱, 이승민, 이수인, 김은지
전략기획팀 김상윤 **경영관리팀** 허대우, 권송이, 윤이경, 임해랑, 김재경, 한유현
일러스트 이영운

펴낸곳 다산북스 **출판등록** 2005년 12월 23일 제313-2005-00277호
주소 경기도 파주시 회동길 357, 3층
전화 02-702-1724(기획편집) 02-6217-1726(마케팅) 02-704-1724(경영관리)
팩스 02-703-2219 **이메일** dasanbooks@dasanbooks.com
홈페이지 www.dasanbooks.com **블로그** blog.naver.com/dasan_books
종이 한솔피엔에스 **출력·인쇄** 갑우문화사

ISBN 979-11-306-0696-5 (03830)

다산북스(DASANBOOKS)는 독자 여러분의 책에 관한 아이디어와 원고 투고를 기쁜 마음으로 기다리고 있습니다.
책 출간을 원하는 아이디어가 있으신 분은 이메일 dasanbooks@dasanbooks.com 또는 다산북스 홈페이지 '투고
원고'란으로 간단한 개요와 취지, 연락처 등을 보내 주세요. 머뭇거리지 말고 문을 두드리세요.